主编 凌翔　　　　　当代著名作家美文自选集

不似天涯，是吾乡

杨华 著

民主与建设出版社
·北京·

© 民主与建设出版社，2019

图书在版编目 (CIP) 数据

不似天涯，是吾乡 / 杨华著 . —北京：民主与建设出版社，2019.12

ISBN 978-7-5139-2767-3

Ⅰ.①不… Ⅱ.①杨… Ⅲ.①散文集—中国—当代 Ⅳ.① I267

中国版本图书馆 CIP 数据核字（2019）第 248098 号

不似天涯，是吾乡
BUSITIANYA, SHIWUXIANG

出 版 人	李声笑
著　　者	杨　华
责任编辑	周佩芳
封面设计	陈　姝
出版发行	民主与建设出版社有限责任公司
电　　话	（010）59417747　59419778
社　　址	北京市海淀区西三环中路 10 号望海楼 E 座 7 层
邮　　编	100142
印　　刷	唐山楠萍印务有限公司
版　　次	2020 年 1 月第 1 版
印　　次	2020 年 1 月第 1 次印刷
开　　本	710 毫米 ×1000 毫米　　1/16
印　　张	13
字　　数	200 千字
书　　号	ISBN 978-7-5139-2767-3
定　　价	49.80 元

注：如有印、装质量问题，请与出版社联系。

序　弹响爱心与文心的和弦
文/曾令琪

　　吾生有涯，精力有限，所以，人到中年，就厌倦了繁复，崇尚起极简。但再是简单，有些人，有些事，还是得衣冠正坐，认真对待，不敢稍有马虎。

　　比如，杨华这本散文自选集《不似天涯，是吾乡》。

　　这本书，共三辑，每一篇都从不同角度、不同侧面，共同指向寻常的生活，以期以小见大，让读者感知时代律动的脉搏。在我看来，这本集子的特色，主要集中在以下三个方面：

一、专写蓉漂，心系社会

　　关于"京漂""北漂"，所历者多，所出者也众。毕竟，京城乃首善之区，机会多多，趋之者众。而美称"蓉城"的成都，相对于北上广深，关注者略少，这也是事实。

但改革没有旁观者，波澜壮阔的社会生活没有旁观者。自建城以来，2000余年一直"行不更名"的成都，除了美丽可人的自然风光、丰富多元的文化底蕴、诱惑味蕾的美餐美食，还有她积极昂扬的蓬勃朝气、迅捷便利的交通网络、方便舒适的生活环境、无微不至的暖心人情。改革开放四十年来所取得的一切成就，都与各级党政的指导和各界干群的努力密不可分。

作为一名在省委省政府挂职的干部，杨华在治蜀兴川、创建新一线城市的大背景下，以自己的视角，从教育、房产、行走的风景、寻常的烟火等，多角度、全方位地展示日新月异的社会生活，感受时代的脉搏与改革的大潮，并用散文这种"短、平、快"的方式，予以细致的表现。这种表现，不是小说家笔下的宏大的长篇叙事，而是紧扣"蓉漂"的主题，以散文家特殊的眼光，以一个知识女性细腻而生动的笔触，对生活中的一些人、事、景、物进行描写和叙述。其以小见大之旨，独具慧眼之识，既见魄力，更见眼光。谓之肆力于"蓉漂"的散文开山之作，实不为过。

二、爱美崇善，体贴精微

爱美之心，人皆有之。但要将此"心"，化作笔端暖意的文字汩汩流出，除了细致地观察、认真地体会、精心地描绘，别无他途。

比如《2018年，多肉一般》。

这篇文章开篇，即以诗化的抒情语言，营造出一种浓浓的氛围："一场不期而至的冬雪，飘洒在2018年的岁尾，让西部这座总是尘霾迷离的城，罕见地冰清玉洁。如这年景般仓促的心情，也霎时晶莹清朗起来。"这样的开篇，结合文章标题，暗示读者，作者似乎要写的是关于2018年的一些回忆。这个回忆，肯定要涉及到一些人、一些事，涉及到一些不一样的心情。

是的，文章真的是这样。作者将要回忆的人与事，与自己对生活、生病的感慨、感悟，互相穿插，那个"没事，忙完才吃"的修理打印机的敬业的博士，那个在鱼虾海鲜摊主刀、后来跳槽去卖蔬菜瓜果的小伙儿，在全文中具体的描写并不太多，但都给人留下非常深刻的印象。一个是"高知"，一个是市井民众，虽然生活中都有各式各样的烦恼、甚至委屈、愤懑，但大多数时候，他们的脸上都"挂着人畜无害的微笑"，都以一种较为积极的生活态度，面对较为残酷（或者说是较为"现实"）的生活。

在材料的处理上，作者收放自如，写两个小伙儿，以写自己的生病来间隔，让文章的发展进程和叙事、抒情的节奏，一切都在自己的可控范围之内。其间，还穿插对多肉的仔细观察、细心品味，静思感悟。由"植物的治愈力"，自然而然引领读者生发出对人的生命力等一些"形而上"的思考。作者是生活中的有心人，所以才会"发现那株万圣节捧花的叶片，变成喜人的红色，是在初冬一个阳光的午后"，其笔下才会有如此这般的惊喜：

出去一看，变成红色的万圣节法师，惊艳地闯入眼帘！这和之前，没晒太阳的状态，迥异于天上人间。一个堪比丑小鸭，灰头土脸，无光暗淡。一个却美赛天仙，霓裳羽衣，夺目耀眼。再一次为多肉们的奇妙变幻，所惊叹！

于是，作者的感叹也就成为一种毫不矫揉造作的由衷之言了："2018年，正是多肉这一群不言不语的伙伴，陪我一路，浸过星夜的露寒，数过孤寂的呐喊，听过福音的天籁……它们时时在我眼前交叉重现，忽闪成这一年路遇的、熙熙攘攘、来来往往的一群人的脸。"

其实，在我看来，作者此文就是要表达"给点阳光就灿烂"这个富于哲理意味的"文眼"。但在具体的表达上，作者不是图解，不是说教，而是用娓娓的叙述，静静的描写，淡淡的感伤。这样的处理方式，一切都水到渠成，给人以温馨、亮色，给读者以很贴心的鼓舞，而一点也感觉不到存在任何的勉强。

类似的文字，书中比比皆是。作者以热爱生活的态度，以善于发现的眼睛，深入发掘社会生活的美，并以真实的细节，再现人性中的善，从而让作者自己和读者，都受到深深的启迪和感染。

三、融入禅意，洒脱空灵

杨华是个热爱生活的人，热爱生活的人往往都很有悟性，有自己对人、对事、对景、对物的独特感受和理解。同时，杨华将禅意融入自己的写作，从而使得自己的作品洒脱、空灵，具有一种独特的意境。

比如，《花非花，你非你》一文。

文章写出了作者对社会、对人生的一些思考，在引用贾平凹先生在《朗读者》中的一段话之后，作者以饱含深情的笔触写道：

陡然，我看见翩跹仙子幻变成一行清晰的大字：花非花，你非你，高挂云间。

你写的是自己，却又不仅仅是你！

出生地，能为你提供原生的血脉，滋养你丰沛的灵魂，让你的作品真切灵动，充满生命力与感染力。但，你需要与你所熟悉的生活保持一段的距离，或者说是站在更广阔延展的时空，来审视你的经历、你的感知，方能看见如你一般的群体，命运的共性，与普适的人性。

你必须离开,才能更好地回来!

这样的文字,空灵跳宕,哲意多多,禅意满满,具有辩证的哲理,引人深思。

类似的文章,书中还很多。比如《贾平凹先生的那只鼠》,作者先由读贾平凹先生《养鼠》写起,再引三毛阅读贾平凹作品的一段话,以此切入,写作者对贾平凹先生的崇敬。继而,写作者与平凹先生的一次零距离接触。中间有孩子差点"闯祸"的一个"惊险"的细节,也有贾平凹先生为孩子和蔼地题词的片断。文章娓娓道来,平中见奇,有起有伏,禅味盎然。行文至此,作者的议论也就水到渠成了:

如果,我的恩师令琪先生,没能在茫茫人海寻着我渡化我,或者,即使他抬爱我为徒,但假如他与平凹先生一个错眼,没能认出他们前世今生的师徒情分,那么,我又何来机缘,赴这一场,修行的盛宴?

极富哲理的这段话,在文章结构上起到了"文眼"的作用,强化了全文的主题。以反诘句收束,留给读者的是不尽的思考。

《不似天涯,是吾乡》这本书,以"蓉漂"为创作题材,以平常的日常生活为内容,小中见大,真情弥满,真正地表现出与时俱进的文学精神,律动着时代的脉搏,给人以清新扑面之感。无论是创作题材的选取,创作手法的确定,还是创作思想的表达,创作技巧的展现,这部集子值得读者关注。

诚如作者所说:"走在人生这条单行道上,不是每个人,都能找到自己在天地间的使命与责任。造物慈悲,便有了那些启慧根存佛性的人,洞开天眼,开悟自己,也开示他人。"

吾心安处即故乡。杨华对生活、对人生的感悟,她所弹响的爱心与文心的和弦，或许，会引起我们大家的共鸣吧？

是为序。

2019年5月29日，草于古资州重龙山永庆寺；6月23日，定稿于成都览星楼坚进居。

（曾令琪，中国辞赋家协会理事，四川省社科院特约研究员，大型纯文学期刊《西南作家》杂志主编，中型纯文学期刊《新蕾》杂志主编，四川文学艺术院院长，四川省楚文化研究会诗词院院长，国家一级作家，贾平凹先生关门弟子）

目 录

第一辑　小意外，小遇见

英伦小筑　002

高楼下的黄桷兰　010

我相信你　013

紫色的洋桔梗　016

风从寒中来　019

寒冬，一室暖风　023

八毛钱的谦卑　027

给书让个座　030

庭前花未开　033

维生素的救赎　036

三草两木　039

我和你　041

烟火气　048

小意外，小遇见　053

与植物共呼吸　056

一碗油汤饭　059

风雨中，木樨不期而至　062

一个人的山河岁月　064

第二辑　一手油烟，一手笔砚

难以抵达的远方　068

赶一场，没有阳光的海　071

春雪初霁美挼蓝　074

一场春雨，来自芒果街　076

我的"蓉漂"　079

一花开，春色无边　085

你是美人　089

一本书，半生路　092

云间的栖居　095

此时此地，此身意　098

大暑的麦冬华　101

一手油烟，一手笔砚　106

花非花，你非你　110

原来你，也在这里　114

不似天涯，是吾乡　117

分享，汇聚能量　120

美之所向，爱之暖阳　123

等待一本书的火　127

第三辑　行素文，守初心

恰逢夏至　132
来一份五元猪肝的过劳肥　134
给母亲一颗苹果　137
她去了救援一线　140
在裙裾飞扬中奔跑　144
飘然过立秋　147
黄昏的车站　150

葭，摇曳成花　153
秋阳下的月季花　156
有裂痕，才有光进　159
盘中风景　163
在灾难中灿烂　166
寒炉温暖汤　169
行素文，守初心　172
冬至的养生汤锅　174
院士的初心　177
谷雨洗纤素　180
停步一段，五公里高不可攀　184
贾平凹先生的那只鼠　187
2018年，多肉一般　191

第一辑　小意外，小遇见

每一次意外，都是一个人生的转弯。
每一回改变，都是一轮成长的遇见。

英伦小筑

租住英伦小区，每天，都在夕阳西下之时，才有，整理床铺的仪式。"英伦小筑"，我愿意，给这"蓉漂"素简的家，如此诗意的栖居。

不是历史的过客

循着导航，远远看到一处鲜花绿植铺排的景观大道，迥异于周边大兴土木、火热修建的城乡结合部的模样。

目光为之胶着时，已驶进这处桃花源的深处。"墅藏天地，院定锦西"的设计直直闯入视野。从文字到构图，浸润人文气息。眼花缭乱中，见楼廊曲径，枯山禅水，巷景花道，庭院深深。已达目的地。

走进磅礴大气亦藏神韵的售楼部，处处都叫人啧啧惊叹。等不及工作人员详细介绍周边环境和结构布局，直奔样板间。时尚简约的设计，智能前沿的设施，空间开发的极限，呈现出，大都市方有的气质！

一见钟情，令人心跳加速的遇见！

这是娃通过安居客，在自己就读学校附近搜寻的楼盘。为了娃临时起意的、长达六年的求学大计，容身之所，是当务之急。

在雅致的售楼大厅坐下，喝着精心调制的各种口味的免费饮料，吹着温度适宜的中央空调，脚下似乎生了根，不愿走出这方天地。

"这房子真的很满意！和网上推荐的评语一样，品质很高！能不能想想办法，让我们订一套？"我不吝内心的溢美之情、赞赏之辞，一如惯常的思维，与房屋销售奋力周旋。

有品味的娃，第一眼，便认定这处所在。此时，正眼巴巴望院止渴。

"确实不行！限购，一点办法都没有！"年轻帅气的销售，很是无奈。

"公司都找不到渠道变通吗？"我不死心地刨根问底。

"没有任何渠道！刚限购时，有些人挖空心思打擦边球，现在已堵上各方漏洞，限购严防死守，滴水不漏！"

我的"蓉漂"，正赶上住房限购的当口。恰逢治蜀兴川、经济强省大计的全面铺排，如火如荼的发展良机，吸引蜂拥而至的人潮。让"蓉漂"，进入历史的视野，成为特定阶段的词条与时尚。

由此，沉寂多年的商品房，一夜之间，翻倍暴涨，形成人气蹿升的大都市狂潮。

在"房子是用来住的，不是用来炒的"初心回归下，限购应声出台。没想到，限购还不到两月，便成如此大气候！

过着波澜不兴的寻常日子，从未赶过潮流，以为限购，遥如天边的星辰，与己无关。

世事难料。不曾想，有一天，自己也会身不由己卷进时代的大潮。

蓉漂，不得不走上租房苦旅。

谁，又能永远做历史的旁观者？！

正宗学区房

下午四点多,顶着含羞带怯的闷太阳,与将雨未雨的低气压,在鳞次栉比的楼群奔走。还不到夏至,却是少有的酷暑。

第一家,一进门,便见雪白的墙面门板,轻曼的薄纱窗帘,淡雅的布艺沙发,清洁的仿木地板,疏落的罅余空间,出租屋也有如此的简净?不由心生喜欢。

柜式空调,送出沁人心脾的津凉。

强压满意,货比三家,连续看了好几处,再难入眼。当机立断,非第一家莫属。

"你这房子好新!是自己的吗?"定下租赁关系,聊天便轻松自在起来。

得知租房为娃读书时,房东夫妇打开了话匣,"我们也是外地的,七年前孩子来这上学时购买。自己住了几年,孩子考上大学后就开始出租,刚租一年。自己很爱惜,今天刚打扫过卫生!"

"你这房子买得好,正宗的学区房!涨了不少吧?"在这为娃焦躁、为房疯狂的时代,开口闭口,都难以免俗。

"当时也是有刚需,孩子想到这大城市来啊,没办法!前几年一直没涨,就去年下半年,一下翻了番!"

"你们有先见之明!现在外地住户,有刚需也买不着啊!"

本是陌生人,因为孩子、因为房子,这共同的际遇与话题,好一番感叹唏嘘,宛如他乡遇故知。

交流,不知不觉深入了许多。从小区管理、周边设施、锻炼场所,到孩子的习性、教育、前景,聊得投缘随性,意犹未尽。先行者,积攒了不少普适性经验。让你瞬间,消除与陌生环境的违和感,以及地疏无根的漂泊感,自动融入,这天底下的不二角色——父母。一种与生俱来的熟悉感，包围在你身边。走到哪儿，都不离不散。

与学校一路之隔，此起彼伏着各种新旧小区。还有正日夜赶工的楼盘，一派方兴未艾。

第一次到学校，看见路对面这一片，密密麻麻的建筑，楼挨楼，房挤房，甚觉压抑，不由想到鸽子笼。

当时决计想不到，有一天，也会为这厌逼的笼所，疾走苦觅，以幸得为恩赐，为惊宠。

住进小区后，早晚碰见的，都是清一色的校服。

租客也是人

"出租房从没见过这么干净的啊！放心，我一定给你擦洗到位！"周末，家政公司派出一位大叔，应约专门来清理抽油烟机。

"嗯呐，房主是挺讲究的人，所以房子保养得很新！不过我们住进来时，做清洁，可是花了大力气！"为了让大叔能达到我几近强迫症的苛刻，一团和气地话家常，"知道吗？我们洒扫得可彻底啦！先用消毒液，整体把地板、家具、墙面、门把手、电源开关都消过毒；再用去污剂，重点清理；最后用洗洁精，查漏补缺。你看，白色的门，都擦得铮亮铮亮！"半是自恋，半是示范。

"看得出来，的确不一样！像你们这样的租客，真是少见！"大叔很是和蔼实在。

"租房的，也是人啊！只要一天在这房子住着，就一天不能凑合。简陋没关系，至少可以干净整洁啊！其它的都清理得很满意，唯独这厨房，实在太脏！您看抽油烟机，全是油垢，估计从未打理过！一个家的清洁程度，厨房最能体现！我爱做菜，喜欢厨房，更是要清理得干干净净！麻烦您，擦洗仔细！"我喋喋不休地提要求，唯恐别人偷工减料，应付了事。

"像你这么爱惜出租房、讲品质会生活的，我还从没遇见过！也没有出租房请我清洗抽油烟机的。放心，肯定会让你满意！"大叔动作麻利，满头大汗地忙着，蛮有情趣地聊着。

室外，正是下午两三点的日照。看大叔的模样，才发现忘了开空调。赶紧把客厅的柜式空调打开，顺手给大叔拿一瓶苏打水，"不好意思，刚搬进来一周，家里什么吃食都没有，只有水，您将就解解渴！"被家政大叔的见识与敬业所打动，由衷的敬意，像这空调的凉意，在百骸九窍六藏流转。

"你太客气啦！没关系的，这水挺好！要安一个家，哪怕再简单，也挺不容易的，别着急，慢慢来！"大叔相当善解人意。

只有尝试过艰辛，才易换位体会，感同身受，替人着想。

人生的这些道理，和所谓情商，往往是在琐碎的生活中，和这些普通人的身上，点滴习得。或许，他们的脸上，全是岁月的风霜；他们的手上，尽是粗粝的茧伤。但他们的身上，都有一种温暖传递：看清生活的实相后，还能保持善良。

萍水相逢、擦肩而过的这些人，让我在打理这蜗居，感触最深、想得最多的是，尽量把这屋子收拾妥帖，不仅让自己住得开心，也留给后来的租客惊喜，正如自己第一眼的满意。

将心比己，未来如果自己有房出租，一定会布置得整洁实用悦目，绝不轻慢凑合潦草。

租客也是人。

风干的自然

"这栀子花真香！好想买一把！"晚上九点半之后，从学校接着娃出来，下着小雨。公路边儿上，遇见一中年妇人，推着一小车含珠带露的栀子花，香气在细雨中愈加甜润悠长。

犹豫着，不知买回去该插哪儿。

再满意的寄居，也只具备基本入住。每一样物品，都来之不易，没有多余，完全意义的极简。花瓶这无用之物，尚未配置。

踌躇中，有城管来劝妇人离开，双方都流露出无奈。生活的原滋原味，夹杂在芬芳馥郁的花香里。顾不上细想，赶紧抓上一把，匆忙付钱。一路浸润四溢的芳香，尤觉来之不易。十元，抱着一大把，有些费力。

回到寓所，环顾家徒壁立，给这捧植物找个容身之地，实是难事。急中生智，视线锁定在一只玻璃冷水壶，每天用来装凉白开的。长长细细的腰身，正好盛下婀娜挺拔的枝干。

枝叶插进去，刚好合适，水灵灵、绿汪汪，为这一创意而雀跃。却面临新问题，剩下几枝装不下！快速一扫，便看见娃刚喝完的水趣多苏打水瓶子，天无绝人之路！洗净瓶子，正好够装。

客厅里、卧室里，各放一瓶，整个屋子，清新的味道便缭绕在有限的空间，馨香了如水的夜，丰盈了漂泊的异乡。

刚搬进这寄寓的家，娃问这房子多大。告诉他80平方米。他说怎么比我们以前住过的80平方米大很多。答，因为家具很少，只有最基本入住条件。

面临这寂然的空旷，有一种拥堵得以释放的清爽，亦有对无形未知的信手勾描。在这真空地带，最想填补的，便是植物和书。

不辞负重，不顾盆碎枝折的风险，从家里，一点一点，运来植物。装点着空荡的屋子，顿溢蔚然生机。

林清玄说，"只要有自然，人就没有自暴自弃的理由。"花红柳绿，枝繁叶茂，便是我心目中自然的具象。每每看到这些植物不以你的驻足关注而喜悲，兀自摇曳着翠绿，旺盛着生命力时，便会有饱满的汁液流淌，滋润枯涸的心田，生发蓬勃的信念。

书籍，亦使然。它是风干的自然，在轻盈的纸上，舞动生命不息的代码。沉浸其中，你能驰骋，从不曾抵达的疆域；幸福感受，无可比拟的富有。所有的空洞，都会被填充；所有的失重，都会被平复。

难以言表的愈合生长，滋味美妙。

夕阳下的秘密

"今天太累啦！我的作业还有好多，没时间出去吃晚饭！"周六傍晚，接着放周末假的娃，满脸疲惫的他，急切地表达。或许，表达，是最好的压力释放神器。

"没关系，明天还有时间写作业啊！你看今天这么疲惫，做事效率也不会高。不如今晚彻底放松，什么也不想，我们去高大上的地方吃个美味晚餐，在这大都市长长见识，也不辜负这千辛万苦的'蓉漂'啊！"

对未知充满无限好奇，通情理识大体的娃一听这番说辞，紧绷的神经陡然松弛，欢欣雀跃，作业的压力瞬间抛至脑后。

应娃所需，带他去最繁华地段的一家档次不低的餐厅。从进入大堂的第一眼，娃便对其品味不俗的用餐环境啧啧称奇，继而是品质精美的餐具，以及匠心造型、品相俱佳的饕餮大餐。一顿用餐，让俗世的奔波烟尘消散，好心情、好欢颜，在好环境、好滋味中升腾。

期间，再一次给娃灌输自以为是的理念：越是困顿，越要长见识、谋格局。来到不同的地方，一定要去尝试不同的生活方式，体验独具特色的地域文化。该有的仪式，更不能俭省。

正如这出租屋，尽力在第一时间具备基本炊具和食材后，便在周末急于开火。娃当时异常不情愿，很是质疑，如此简陋的地方，能做出如家里一般的美味佳肴吗？告诉他，既然在此安家，就一定得有炊烟，不然，哪有家的气息？！

使出拿手绝活儿，高效运转一小时，一席家常菜呈上简洁的餐桌。即便餐盘不够漂亮养眼，却依然挡不住食指大动的诱惑。让娃大快朵颐间，真真体会，食物飘香处，即是家。只要以"心"为味料，处处便能烹调活色生香。

如若硬件设施匮乏，更需借助外在的形式，养眼养心。

在这漂泊的城市，上下班以地铁代步，早出晚归，早上的时间尤显金贵。晚上归家时，已是夕阳西下。每天奔进家门第一要务，便是整理早上来不及收拾的床铺。尤其是娃不够宽大的木板床，更是用心，摆平单人枕，抚平垫单的每一条皱褶，把薄薄的被盖叠方正。房间的物品无一例外地进行规整，细致清理几不可见的细尘微埃。

夕阳之下，仪式之上。

黄昏的铺床秘密，不愿让娃发现，独自坚持独自惊喜。更希望如此的精细，在娃眼中成为生活的理所当然和常态本来，不刻意，不突兀。惟愿在简易的环境，有风雅温情流转，壮硕娃稚拙易感的内心世界。

筑巢一个家，再小，也得五脏俱全，燕子衔泥，耗时耗力。遇见英伦小筑，前所未有地体会，一粥一饭的来之不易，半丝半缕的物力维艰。也不断收获，不曾有过的各色体验。

别让时空的漂浮，成为无根的虚度。

越艰难，越灿烂；越简单，越丰满。

越艰难的岁月，越需庄严的仪式生辉；越简单的生活，越要灵动的情感丰沛。

高楼下的黄桷兰

不知哪一天开始,上班必经的地铁站出口近旁,一栋高楼下,出现了黄桷兰。

被这清新、淡雅的气息牵引,每日清晨路过,总会花一元,买一枝,或挂在背包上,或戴在手腕边。异乡,便浸染上这素洁的馨香。

行行重行行,在黄桷兰的陪伴中,日子散发着阳光和青草的味道。

重复着一成不变的路线,和平淡无奇的步履。有一天,出得地铁口,黄桷兰惯常的地方,空空如也。那一刻,心里竟然有些失落,淡淡的惆怅。才知那一缕沁香,是如此离不了!

第二日重逢,不露声色的欣喜。开始细细打量,眼前这个瘦小的老太太。岁月挤干了她全身的水分,满脸的皱纹,稀疏的银白短发,身躯格外干巴,轻薄如纸。担心来一阵风,会把她吹走!

看不出她的年龄,或许六十,或许七十,或许都不是。

黄桷兰装在一个竹篮子里,摆了几支在面上,其余,都用一条湿毛巾覆盖,唯恐这一大早便似火的朝阳,摧残婀娜女子的娇颜。篮子的角落,毛巾上,我看见几瓣桃子。细致地削过皮,花成一片一片。

是一大早出门的,她的早餐?

心里的某个罅隙,冒出一丝晦涩。犹如这红彤彤透亮的太阳,飘过一抹黑云。

第一次和她搭腔,"这黄桷兰,是你自家种的吗?"

"嗯呐。昨天有事都没出来,今天早早就来了,赶紧卖完好回家,天气太热!"她有些自言自语,面孔不见表情。或许,神经末梢,也已被骄阳烤焦。

不知该说啥。我默默递过轻飘飘的一元纸币,小心翼翼地捧着,唯恐一不留意,便将这娇怯的花瓣凋落糟蹋。

之后每天,她都在原来的地方,黄桷兰从未见过底。我们再也没聊过天,只是习惯性地,默默递含苞的花,默默给,轻薄的纸币。

卖黄桷兰的地方,离上班近在咫尺,都在这城市的最繁华中心。每天总在拥挤的人群中擦肩过往。

穿梭于鳞次栉比的高楼大厦,每每只是匆匆仰视其高大上的外表,不曾进去见识里面的冠冕堂皇。

某一日,终是忍不住好奇,走进黄桷兰旁的商厦,一知名百货品牌。直奔琳琅满目的服饰而去,那款式,那质地,让人很易迷失心智,恨不能一件件都穿上身试试。——翻看吊牌,才知道,穿在身上的,哪是秀美飘逸的霓裳,分明是几千朵黄桷兰的花殇!

如此的发现,让浑身上下,瞬间变得不自在。我迫不及待脱下,这沉重的花朵枷锁。失魂落魄逃出大厦,高悬于空的艳阳,白花花晃眼,让人一阵阵晕眩。真实的热浪,把神游的你,拽回这酷暑伏天的现实。长长地透口气。

走在熙来攘往的鲜衣正冠的人群,再看他们上下班出入,那些庄严正大的楼群,我的心情与之前的艳羡,已然有些不一样。我总会想,他们每月的劳动成果，可以穿多少朵黄桷兰在身上？！

有关价值、尊严、体面的词，塞满脑海。

不由羞愧难当。自己每天买一朵老太太的黄桷兰，是怀着自以为是的怜悯、慈悲心理，暗自高尚为扶贫济困。殊不知，我们，都是那高楼掩映下的黄桷兰。为生计而奔波，为烟火而湮没。

你是谁眼中的黄桷兰？

我相信你

"我相信你！"一句朴实的话语，让这个周末的我，处于热气腾腾的奔忙漩涡。

周日，秋雨连绵。在萧瑟的秋风中穿梭。

去附近不远不近的超市买菜。踏着满地泥泞，上了路旁的一辆三轮车，师傅专门下车，从外面帮我关上锈迹斑斑的铁门，以御风寒。这细微的关照，一下拉近彼此的距离。路上，有一搭没一搭话家常，让四面透风的车厢，增加一点热气。便自然聊起，一会儿还会回来。师傅很热情地表示，愿意在超市外等我。

到达目的地，我手忙脚乱在偌大的包里找零钱。

师傅见状，温和地说，"不用找，一会儿一起给就行。我相信你！"

为着这句萍水相逢的信任，坚持把钱付给师傅后，我急急忙忙，一路小跑着冲进超市。琳琅满目的海鲜肉食，新鲜当季的蔬菜水果，专用必备的调味配料，我从一个柜台，马不停蹄奔向另一个柜台。一样也不能少！

兜兜转转中，一个小时很快过去。与我承诺力争半小时搞定，已超出太多！提着大包小包，满头大汗赶去师傅约定的位置，心想，他多半已离开！

奔出超市，老远，我便看见师傅，正朝这边张望。见到我，他快步跑过来，利索地接过我手里的重负，帮忙拎上车。

我一个劲儿道歉，为自己耽误了不少时间。

他很善解人意，说，"没关系，超市那么大，随便一转，时间就过去啦！说好等，多长时间我都会等！我相信你！"

在这人心隔阂、信任稀薄的红尘中，得到陌生憨厚的师傅，如此无条件的信任，让我的心，无比雀跃而热乎。感动于师傅的守信重诺，暗想，茫茫人海中的擦肩，他咋就如此信任我？难不成，是我由内而外的修炼，让他见我面善？！

如此一闪念，不由沾沾自喜，自我陶醉。以为自己，真是达到一定境界，人见人善！

这一整天找不着北的好心情，终结于晚间阅读，"人无法给予别人自己没有的东西。"这行小小的文字，直扎自我飘忽的泡沫，一下泄了底。

文字配在一张素朴的图片下，一只简约的小玻璃瓶，里面随性插着几条枝杆灰白、瘦果扭转的沙拐枣，置于原色的木桌上。让我的眼前，清晰浮现，面布尘埃，却随和暖心的三轮车夫的脸。

这大道化简的文图，何尝不是偶遇的平实师傅的具象写照，抽象素描？！

开着破落三轮车的师傅，扎根于社会的最底层，每天都会和不同层次的人打交道。大千世界，芸芸众生，各色各样的人面，想必看似已年过半百的他，都会遇见。在如此日晒雨淋、粗粝风沙的吹打下，在社会这所综合大学酸甜苦辣的历练下，相信他不再懵懂而无知。为何，他能这般笃定地相信一个陌生人？难道，他无条件的信任就从未被辜负过？

看到这张文配图，让浅薄无知的我惭愧汗颜！他铁定的"我相信你"，不仅仅是对我人品的判断，更是传达出他内心的温暖与向善。他这样的预设，究其实质，包含着很大的风险！有可能我作为个体根本不值得他信任，他得对最坏的结果一力承担，并不会因此对人性失望或埋怨。如果他自己没有如此醇厚的品行修炼，又如何能给予我这匆匆过客，强大的向阳热源？！

　　再一次想起，史铁生所说的"爱命运"，无论命运是顺是舛，是好是坏，都怀着感恩之心，豁达之情，一力热爱与承担，不怨不艾，不离不弃。不因它的光鲜耀眼而谄媚亲近，亦不为它的破败落魄而嫌弃远离。

　　在自己的生命中，不同情境下，幸遇过诸多像三轮车夫这样平凡的普通人，他们共通的特性——良善、谦卑、温驯中，无不透着人情的练达，与世故的豁达。让你脑海不由自主回旋，"世界上只有一种英雄主义，就是看清生活的真相之后依然热爱生活！"

　　我相信你，多么温暖的内心修养！

　　我相信你，多么美丽的生活实相！

紫色的洋桔梗

"深秋柳陌露凝霜，衰草疏疏碧水凉。"霜降后，总是秋雨缠绵。阴冷，萧索，一年中最忌惮的时节。

周六晚。外出补习功课的娃，满面风寒回家，抱回一束从不曾见过的洋桔梗。

是伊送的花！

一捧紫色的洋桔梗。株态轻盈滞洒，花瓣娇柔典雅，花形别致爱嘉。紫，亦是深深浅浅，层层叠叠。花苞是绿中带紫，初绽是娴雅淡紫，盛放是高饱和的浓浓深紫，配以金黄花蕊，尽显贵气。

优雅脱俗的紫，在暮色的夜，静静散发，神秘浪漫的气息。让腿疼、头晕的身体不适，带来的神意消沉，被这烟火中的美好驱散！

这由温暖的红色和冷静的蓝色化合而成的，游离于冷暖之间的紫，正如我们之间的情谊，不远不近，不疏不腻。

伊是客居的异乡，偶遇的情投意合的闺友。

这晚，伊本是约我，一起送娃去上课后，好好聊聊。虽然住在同一小区，近在咫尺，却是好久不曾畅谈。不想身体抱恙，有些遗憾地给她发了信息，未加勉强地爽了约。就像我们之间的交往，自然而然，没有负担。

回想，一路走来，那一个一个，不经意的片段，积攒而成的温馨画面，让越来越专注于自己的内在，而性情疏淡的我，心生微澜。

伊是通过娃的班级家长群加我微友。只知租住同一小区。未细聊。

真正记住她，是微友后近一月，度假回程的路上，看她在文后留言，"好喜欢你的文笔，想与你交朋友。原谅我的赤裸裸。"我的租房感想引发她的共鸣，她浏览了相关小文，由着性情，发来心情。

彼时，我们其实只是陌生人。不知对方高矮胖瘦，善恶美丑。为着她如此纯真的心性，我难得及时地、礼貌地回了讯息。

当晚。夜深人静时，收到她的私聊，介绍给娃补课的地方，并盛邀上门做客。

因为娃假期既定安排的不凑巧，以及我初来乍到一干杂务的烦扰，我们一直没机会碰面。

手忙脚乱中，转眼，便临近开学。学校要求娃的自行体检还没着落，不由自主给伊发信息。很快收到她的回讯，推荐了医院，提醒了相关事项，并细致体贴地附上了线路图。让路痴的我，省却了许多弯路。

开学后。她及时发来周末补课的相关资讯，商量让两家娃结伴而行。早上，她会周到地备上两份鲜果零食，给相约一起到校的俩娃享用。家里做好吃的餐点，她会提前约上娃一道。有朋友送的时令水果、当季新茶，她也第一时间想要与我分享……

她在做这一切时，我俩依然未见过面！除在微信中断断续续的联系，就是娃的只言片语传递。

有种喜欢，来自尘俗，却澄澈脱俗。气味相投，而心灵相通。

竞赛班。面临学校这开创性的建制与高强度的设置，带来的诸多压力和不适，让所有风光自信走进这里的娃们，都得重新调适自我，反思调整定位。这样的过程，是混乱的，焦虑的，忐忑的，摸索的。其间，有伊同行，不孤单！

遇见应接不暇的新问题，彼此总是有一搭没一搭，随性而聊，隔屏相望。才发现，教育理念与价值取向，是如此高度契合。交流不费神，说话有共鸣。她总是想让自己曲径可贵的资源共享，她总是能洞幽烛微你的点滴长项，她总是会适时洒下温煦谦和的友爱光亮！

好不容易的相见，是在周末的试听课堂。相约一起去给娃挑选一个适合的培训班。虽然是第一次见面，并肩坐成同桌，毫无违和感。老师讲些什么，已然记不清。脑海只余俩人埋头交流的画面。两小时，转瞬即逝。

匆匆聚首后，交往，仍旧是微信。

时断时续，从娃的教育心得，聊到生活习性，以至工作现状。彼时，相互的职业和基本情况，均不知晓。却并不隔阂，彼此的信任与相惜！

出差间隙，收到她关切的问候；跑步途中，不吝她鼓励的陪伴；加班煎熬，有她知心的守望；出行游历，有她追随的目光……实则是，她倾心付出，我安然坐享！

寥寥几次碰面，每回都意犹未尽。

却并不刻意，做未知的约定。

喜欢这样一份，中年女人的友谊。不乏味，不庸俗，不脂粉。真实，简单，纯粹。由内而外的吸引，来自气质与修为。不矫饰做作，不虚伪矫情。骨子里透着，清朗雅致，处处想着人抬人，而非人比人，人踩人！无论现实处于哪个阶层，却总是将灵魂，寄予高处！血管里淌着，良善慈悲，总是看到对方的长处，而非期待别人的好处，坐等别人的笑话。无论形体如何蒙劳负重，却总是让精神，空灵舒展！

有些情谊的美好，原是难以言表，只在心底珍藏，历久弥香。犹如这紫色的桔梗花，自然散发的，高贵典雅。

风从寒中来

从挥手如阴的地铁中挤出来,回到地面,吞吐一缕寒风的冷冽,五脏六腑都透亮起来。少有的,对冬的另眼相待。

每年,都有这样一段光阴,煎熬生命的阴冷,晦涩。

此季尤盛。

天然体弱,气管易发炎。对空气质量敏感。苦寒的冬,是最难捱的时节。一个小感冒,就足以陷入淅淅沥沥的药物纠缠中,摆布不休。

过山车般的一次气温升降,加上连夜赶工的疲劳,又不幸中招。

早上,顶着欲裂的头痛,在雾霭沉沉中出门,开启日复一日的挤地铁生涯。低温的空气,格外刺激。不知是否心理作用,嗓子也跟着疼起来。生而为人的万般无奈,齐齐涌上来。

打发地铁上如插笋般壁立的最好方式,是阅读。几个月来,能将这挨肩擦背的读书消遣,安然坚持下来,还得感谢,中学时期一段迷乱躁动、无处安放的青春的反骨。

那时,青春期的反叛,和着前途的未卜、现实的迷途,度过一段痛苦无助的成长道路。漂浮在凌乱的现实与虚无的理想夹缝，沉不下心来，学习无法专注。与自己狠狠较着劲，不甘认输。便在每个周末，独自背着书包，去学校附近的山顶上，一个露天茶座。在喝茶聊天、麻将推砌的鼎沸中，倔强地守着一碗廉价的盖碗茶，强迫自己，埋头于书本功课，美其名曰：大隐隐于市，炼心。

这神秘的行踪，一晃，就是两年。不知对学习是否有帮助，却是练就，不随波逐流，逆境奋进的心性。越是艰难，越不肯撒赖。只要一息尚存，就没有自弃的任性。

那些生命中的历练，无论是苦楚，还是甘甜，都会烙印沉淀为，你灵魂的底色，不离不弃，生死相依。

阅读，陪伴这一段哐当的旅程，缩短喧嚣的时空，于纷繁的世相中，获得片刻的宁静。从夏路过秋，从秋走进冬，各种各样的阅读，主要在地铁上完成，每天两段各半小时。累积成，这段岁月，自有的模样。帮助度过，身心的不适，与耐性的考验。

近日，有些晕车的迹象，尤感空气的浑浊与异味，胸腔的堵塞与郁积。同样的境况，不同的季节，感受竟然如此不一样。人，是何等敏感、善变的生灵！

周国平那些慧敏的领悟、艰深的哲思，已难以塞进脑海，挑了一本丁立梅的散文携带。消受不了生猛海鲜，那就来点清粥小菜，暖暖胃，清清肠，洗洗眼。

书里有关家长里短、花谢花开、流云变换的絮絮叨叨，有关路过的人、阅过的景、读过的文的琐琐碎碎，让你身临其境，亲切，平实，和畅。甚至，有一瞬的恍惚，以为，那便是你自己的模样。

沉浸于她和风般的文字，你似乎忘记周遭的嘈切，内心洁净如婴，温暖如春。又似乎更融入这人群的熙攘，于缕缕行行中，竭力吸进稀薄的空气，排出汩汩的废气。

听着耳边毫无顾忌的咳嗽声、打屁声，鼻翼不时飘来的恣意散发的各种口臭味、久未洗澡的恶腐味，想，寻常烟火，不就是这般模样吗？

日复一日的琐屑，平淡无奇的庸常，在既定的轨道上，被滚滚人流，挟裹着，不断往前走。或许，你会遇见心动的美景，或许，从不会。即使遇见，也只是一个片段，过后，是又一大段，觅求美景的寂寂苦旅，循环往复。

无论你走了多远，有着怎样的遇见，历览多大的世面，你发现，伴随其间，经年不变的，当是这，一日三餐，红尘炊烟；当是这，饿来吃饭，困来即眠。

正如这地铁的世相，无论你由此奔向多么高大上的 CBD 或 Ministry 所在地，无论你身居怎样显赫的 CEO、CPO、CIO 要职，风光一天，忙碌一圈后，你终是要回归，生而为人的本性。你需要的，不过是最原始的一翕一合的呼吸、喘气；你拥有的，也仅仅是最简单的丈尺有余的一榻、一穴。

不由想起，周末清晨的遇见。

轻寒的初冬，一切在寂静中。走在小区外火热兴建的，坑洼不平、尘土飞扬的小巷，行人很少。冷清中，呵呵冰凉的双手，搓搓裸露的脸颊。老远，便看见她，蹲在一览无余的路边，从地上的塑料袋里，一把一把，掏出她的小菜。近前，映入眼帘的，是几把小麻绳绑好的，沾满露珠的小白菜，隐约分布，细微的小虫眼。那一瞬间，你的心便无端水润起来。

仔细打量她，应是一名普通的中年农妇。脸上写满，风霜，谦卑，朴素。手上，全是老茧，皲裂着，褶皱着。和她手边鲜嫩、青翠的小菜，形成强烈的反差。我一手紧攥着一兜菜，一手忙不迭地掏钱，生怕稍晚，就会被别人抢了先。由衷赞美她的菜种得好，喜人，天然，绿色。她满是尘埃的脸，展露羞涩、纯粹的笑颜。透出的实在的幸福与知足，如一束光,照进人的心底,柔软岁月的粗粝。

因了这一把,水嫩的小白菜,如这季节般沉郁的心情,也剔透起来,水亮起来。生命的存在,原是这般简单。哪怕你只是毫不起眼的萝卜青菜,也能带给人愉悦与满足,有价值的体现,永恒的必然。一如相逢何必曾相识的农妇,亦会成为我人生旅程,抹不去的片段。

"万物生长,都离不开风的。这个常识,却被我们天长地久地忽视着。"读到丁立梅《风知道》篇章的语句时,我凝滞的呼吸,在平心静气中,已然忍耐到极限。我知道,我只不过是,缺一缕风,一缕寻常的风而已!这缕充塞天地间,无处不在,却被我们视若无物的风,这一刻,让我知道,它于生命的不可或缺!

原本人类生活最永恒的核心,却是这些最平凡的基本!

好在此时,地铁恰好驶进站,到达我的终点。我迅疾冲进风里,大口呼吸,这让生命得以繁衍维系的风,这将岁月从远古的洪荒带到真切的当下并带向无垠的未来的风!冬特有的清寒,滤去浑浊的气息,明敏混沌的神意,还原生活的本来!

这一季,风从寒中来。

寒冬，一室暖风

万山凋敝黯无华。年轮进入大雪时节。天地封冻，冷暖交融。

周日的清晨。在空调的满室暖风中起床，怀着一份反常的急切。

来到客厅，看毫不低调，轰轰运行的柜式空调，在这万物沉睡的清寂冬早，不仅不嫌吵，反而爱极，这人间聒噪最原版的绝唱！

走出多年自我封闭、与世隔绝的环圈，越来越喜欢，这些来自生活本真的，细碎琐屑。

正如头一晚，接到一陌生电话，带来的寒冬暖意。

一本地的陌生号码打进来时，修空调的师傅刚走不久。吹着终于带热度的暖风，其雀跃的心情，不啻于中了头彩，以为被天上掉下的馅饼砸中。

正乐陶陶于幸福指数爆棚的热风中，来电问，"我这会儿来修空调，行啊？"

愣神间，以为是同一间修理公司的，未加考虑答，"不用了，你们公司的师傅已经来修好啦！"

电话中，对方有些诧异，等明白是怎么回事后，主动告知，他是房东的朋友，就在这座城市。今后如再有出租房维修等事，直接找他就好，因为房东住在外地，赶来不方便。

听他这一说，才想起，修好空调后，给房东发了微信，告诉他维修事宜，有些玩笑地埋怨他老旧空调的不给力。发完后没想有任何结果。之前从未给他提过空调不制热，知道他住在外地，也没想真要他来修理。

接完电话，赶紧上微信，看到房东第一时间转来的维修费和留言。处理的及时与诚意，犹如这空调的热风，豪爽，仗义，满满的暖意。

虽然只是擦肩的路人，却带来安居无恙、岁月无恙的景象。人心，原是天地间，最柔软、最珍贵之物，以心换心，纯美人心。

在飒飒暖风的愉悦心情中，开启爱心早餐模式。找出前几日好闺友发来的微信链接，照其指示，烹制盐蒸橙子，一种止咳的偏方。

做法便利快捷。一会儿，鲜亮橙黄的蒸果上了桌。其色泽的明艳，在满室煦暖中，愈加精神抖擞，靓丽闪耀！

想起闺友发链接时的只言片语。说，印象中你嗓子好像有点问题，第一个内容效果好，可采用。

得到我惊喜的回应后，又叮嘱，盐要抹少点，类似中药引子。

和皮吃着这甜中带咸，酸中有涩的偏方药，对于如此奇特的味道，一点儿不感觉难吃。

嗓子气管不好，是在近日发的一篇专栏文中，有提到。想必是被看见，还记在了心里。不仅细心地记住，还费心地对症找来药方。不仅找来偏方，还如此易作易行。不仅简便可行，还有精要的温馨提示！

就着室内熨帖的温度，我连皮带水，把这一剂药方，吃得精光。不知是心理作用，还是真疗效，一会儿工夫，便感觉整个呼吸道，自上而下，无比通畅，清爽。

有些情谊，不在华丽。经一点一滴走心的日常，一分一秒时间的窖藏，历久弥香。人世间，有多少美好，被静水流深的岁月长河，打磨，闪亮！

令肠胃欢畅的早餐后，翻开冷寂的爱书，无比满足地享受，久违的春风拂面的阅读。抬眼，一组生龙活虎的植物闯入视线。

这是一群正值成长春天，生命力繁盛的多肉。它们似乎，不知最严寒的冬已来临，天地已是，"四面嘶鸣晃树权"的光景。只顾兀自勃发，火舞耀扬的乐章，酣畅淋漓，葳蕤朝气。

这组植物，是在一家刚运营的名为"春天里"的花店购得。

这一日，时值大雪，无意从微友圈看见，伊的开张。除却植物的喜人与活动的优惠，最吸引眼球的，是送货上门。家里一堆空花盆，急需栽种，只是苦于时间的金贵、稀缺。

奔着送货的福利，迫不及待挑选了各种品相近二十盆，微信联系，有一搭没一搭。估计对方很忙，没说啥时送货，只要了地址。我抽空给她留了电话，告诉她何时家里才有人。不见回音，以为当日不会送货了。

晚上八点过，突然收到微信，说出发了。我赶紧发了地图位置过去。几经周折，在小区门口接着她，已是九点过。赶着去学校接下晚自习的娃，她和同伴手脚麻利把植物给我搬回了家。

期间，急急忙忙进行简单交流，得知，她也是陪读妈妈，为了打发时间，开了这家小店。

本是萍水相逢的陌路，因了这相似经历的交集，瞬间，便拉近了心与心之间的距离。她设身处地体谅，让我赶紧去接娃，留下意犹未尽的语意，匆匆分手。

第二日，她在我的花草图片下留言，说，种得好漂亮，一下就感受到春天般的温暖！

有些心意相通，无关乎情商、智商、逆商，无需更多的附加理由，只要有相似的境遇，就会感同身受。你走过的路，每一步都不会虚无。

坐在一室春色里，读着这样的文字："大雪时节，很梦幻的场景就是在屋里读书，外面纷纷扬扬地飘着雪，书中自有黄金屋，窗外自有山如玉。"而这样的雅趣，却是需要温暖催生。因为大雪，本是冷暖空气的一场约会。如果只有冷空气孤独地来，那就是风一阵；如果只有暖空气寂寞地等，那就是雾一场……

如此，屋里满室暖风，屋外呼号寒风，才能成就，人生的这般好景致！

天凝地闭的寒冬，感恩这段旅程，遇见的陌路新知、故人旧识，带来的，暖意春风！

八毛钱的谦卑

菜市场,众生相。

一堆小土豆,在菜市场林林总总的眼花缭乱中,闯入我的视线。

小土豆随意装在一个塑料袋,摆在地上。上面还有新鲜出土的泥。每个都很小,一幅乖巧呆萌的模样。不由自主牵引你的目光。

顺着这堆小土豆,我看见,它们的主人,蹲在地上,近距离陪护着几袋,零星摆放的,自家地里生长的菜蔬。

这是一个瘦小的中年汉子,被岁月磨去棱角的面孔,五官淹没于飞尘扬土,有些含糊不清,一如菜市这个不起眼的角落。很难引人注目。

怕他听不清,我弯腰问道,"小土豆多少钱一斤?"

答,"八毛。"

没等我反应,他又急急补充一句,"本来一块,现在快卖完了,便宜一点。"露出陪着小心的笑容。

我两只手拎着满满的大袋小袋。只得赶紧放下一只手里的东西,蹲下来,一只手不太方便地挑选小土豆。

见状，他动作麻利地拿出一个塑料袋，尽可能地展开，放在我手边，一边帮我挑选，一边聊天。

"你这小土豆好小，很难见这么小的！"我随口说道。

"就是，专门挖这小的！好多小娃娃就爱吃小土豆，越小越喜欢。可以煮熟后剥皮，蘸着调料吃，也可以红烧着吃，还可以油炸着吃……花样很多，怎么做都好吃！"一句不经意的话，让他打开了话匣，如数家珍地介绍。

"嗯嗯，好吃、好吃，我家娃娃可爱吃啦，有多少都能吃完！"不忍拂他的好意，连连接话。

我埋头选着小土豆，突然，他就没了声音。

不禁抬头。原来，在我的身后，不知何时来了一辆装货的小三轮车，硬要从狭窄的通道挤过去。眼看我放身后的菜快被碾轧，中年汉子眼疾手快地把零散的几个袋子都给我提了起来。

小三轮通过后，他如释重负地，露出开心的笑颜，脸上的沟沟壑壑由此生动起来。

那一瞬间，我的心被"谦卑"两个字填满。

对，谦卑。从头至尾，中年汉子处处露着谦卑。为这八毛钱一斤的土豆，他陪着小心，甚至有些讨好，服务异常周到、贴心。面临突发情况，条件反射般地替顾客着想。最终，我捡了又捡，也才凑够一块钱的土豆。一块钱，在这物价不低的时代，掉在地上，可能有人都不屑于弯腰拾捡。一块钱，他拿着能干啥呢？！

正是这一块钱，我却从他手里买走一袋不算少的时令土豆。一块钱，享受到萍水相逢的他，如此高品质的服务！这一块钱，也太不寻常！

智慧引导人走向谦卑，谦卑是智慧之大成。看他的衣着，以世俗的眼光考量，应该处于社会的最底层，不像读过多少书。但却能做到如此谦卑练达，从骨子里透出来的行云流水。我生生困惑，他能算大智者吗？

如是，他的智慧，肯定不是来源于学校和书本，那只能得益于岁月的磨砺。以他的思维认知，与视野见识，要经历怎样的千磨万击、千淘万漉，才能达成如此修炼？

我唏嘘感叹。

生活，终究会，让我们学会谦卑。无论是痛苦的自发，还是欢愉的自觉。无论是八毛钱的毫厘，还是八个亿的手笔。

给书让个座

下班。每天乘坐的二号地铁线。

"你来坐吧!这么站着看书,没法看啊!"一中年男子在我自顾自埋头一本书几次踉跄后,终于忍不住主动出声。

"没事,你坐吧!天天都是这样站着看的,早已习惯啦!"意外惊喜之余,我轻松的调侃。

不等我说完,他已站起来,真心地礼让,"坐下看书,舒服一些!"

我不再推辞,诚挚道谢后,欣喜落座。

这一刻,除心怀感恩外,更多的,是梦想成真的圆满!

给书让个座,如此的礼遇,我已等了九个月!

终于等到这一天,感觉眼前的世界,陡然明亮起来,清朗起来!

自2017年6月26日开始我的蓉漂生涯,每天一成不变地乘坐2号线上下班,最大的愿望,就是在比肩接踵、挥手如阴的人山人海中,能有人,主动,给书让个座。

这个梦想,在这整整的九个月中,我已在心底,呐喊过千遍万遍!

那一日。刚开始地铁生涯不久。路线还不太熟,怀着对未知的忐忑,顶着黑眼圈和浆糊脑,早早出门。车上,聊以打发半小时里程的,唯有书。站在人缝堆,读着林清玄的美文,似乎听见汩汩清泉流淌,淹埋了身边人群的熙熙攘攘。

正暗自陶醉于书香墨香的世外桃源,却被耳畔一阵剧烈的节奏拉回滚滚红尘。抬起被惊扰的目光,瞥见,身旁一人高马大的半大男孩在痴迷地玩游戏,刺耳的声音来源于手机。紧紧盯着他不转眼,希望他能顾及一下公共场所的基本形象。他却旁若无人。

无奈,只能继续埋头自己的世界。不知是已有了嫌厌的心理,还是他的游戏声实在太嘈杂,我难以再专注于手中的书,清泉变浊流,心生愤懑。反复抬头盯他,发现,他暗藏着一种对抗情绪,似乎,他和书有仇,专门要和书作对。

不愿与之浪费时间,在进站有人下车时,我赶紧挪动地方,敬而远之。空间实在有限,好不容易拉开一段距离,声音却不见小。抬头,惊见,他也紧跟过来,仅一人之隔。不知是有意还是无意。也不知,他那五彩斑斓的世界,怎就容不下,一本小小的书籍?

没法计较这青涩的少年,只能在心底呐喊:这与书对抗的人,让社会这所大学堂去训导他吧,让生活这位大哲人去开化他吧!

如此的心意,随着时间的推移,愈加累积剧增。

就像那一日,上车,见门口的立柱竟然空着,就像专在等我。其若狂欣喜,不啻于中头奖。一段时间挤地铁的历练后,很快掌握小要领,上班高峰期,每天全程都要站立,常常被挤得无立锥之地。要想站着看书,最好的位置,便是门口的立柱。可以背靠其上,不至于腹背受敌。同时,有坚实的依靠,不但腿脚省力,人也立得稳,不会晃荡,书看起来更香!

靠上立柱,这样的好运并不多,可遇不可求。我身手敏捷地靠上去,刚想满足地舒口气,背上却被膈应着。扭头回望,一个布袋,挂在柱子上。里面装着硬硬的东西,类似盒子。无法与立柱亲密接触,只能靠在这硬物上。重心不稳,来回颠簸。

背上硬生生顶着,站姿很不舒服,看书,也难以专注。放眼打量,看到坐在附近的一个大妈,不停地瞅这布袋,应该是她的。像抓着救命稻草一般,我死死地盯着她,指望坐在位置上的她善心大发,在这寸缝寸挤的地铁上,人都没地儿搁置,就别让她的一包物什,如此奢侈地占个专位!

一阵对峙,她却并不为所动。一门心思,只关注她的包是否安好!

我又一次败下阵来,只能去静水流深、安然向好的书中,与那些穿越时空的醒着的灵魂对话,聊以安放无处着力的思想,自我疗伤!

这无处安放的书,又一日,被一个小男孩,推向风口浪尖。

忙累一天,那一日下班,比日常晚。无形错过乘车高峰,有些雀跃地期待,地铁上一段美好的阅读时光!上车,的确很空荡,只有寥寥几人无位站立。一眼,能望到车厢尽头。几个门柱,任由我靠。就近把自己摆妥后,一抬眼,但见难以忘却的一幕!

一个身着校服的初中男孩,半蹲半跪靠在门口的柱子旁,在膝盖上写作业,书包放在地上。随着车轨的起伏,他手中的笔,飞龙走凤。那一刻,我前所未有的无措,男孩在众目睽睽之下,以这难受的姿势,潜心于自己的书本。他的周围,无论坐下的、站立的,都是不同年龄段的成年人,或玩手机,或闭目养神,或两眼空洞涣散……似乎,集体失明,这男孩形同无物!

深深的无助,切切的悲哀,牢牢攫住我的每一根神经!恨不能,大声疾呼:拜托,给书让个座!

"请把座位让给那些需要帮助的人!"地铁上,一成不变的女声,不厌其烦地,重复着这温馨的提示。除却那些老弱病残孕的乘客,书,也需要你的帮助!

如果有一天,我们每个人,都能想着给书让个座,这世界,一定会更加亮堂!

庭前花未开

又到桂香凝瑞露的时节。

相依相伴几载光阴的桂子,破天荒未依约飘香。

去岁记载花开心情的文字,尚在文档簌簌散发清寂的幽香,浸渍点点滴滴的过往。

这株四季桂,几年前的初夏,在菜市一隅的小花店偶遇。枝枯叶疏,一如卖花老太太的形神,干巴委顿,很难讨喜。老太太一个劲儿地说,别看外形不起眼,一年四季都开花呢!

四季都开花?只知"怕是秋天风露,染教世界都香"的丹桂,不知四季桂为何物,我半信半疑,怀着一丝期待,将伊带回家。

置于生活阳台,时时喂养淘米水,有空就去关照,剪去干枯的细枝末节,撒上几粒花肥。不曾想,伊以匪夷所思的速度,很快便鲜活起来,抽出柔嫩的新芽,自绝凋零的残叶,连枝干都圆润饱满起来。

一点微不足道的付出,却收获惊喜满屋。伊的结草衔环,轻翠生辉,回馈我柔软的心动与坚韧的行动,愈加温情以待。

当年，小区的金桂银桂满树香风，扑面撞怀时，伊只是羞羞答答，冒出星星点点的几粒花。一场秋雨，扫落湿地花泥，来得热烈、去得壮阔的丹桂归于沉寂，伊却缠缠绵绵、痴痴念念，一茬接一茬，淅零淅留满目鲜。

从此便没完没了，从高远的清秋，到酷寒的隆冬，以至迟暮的煦春，伊不问时节，心无旁骛，安之若素，染香一室空无。

直至火伞高张的仲夏，伊开始收敛精华，默默蓄力。越火热，越清冽。越高温，越沉静。在安然修持中，不经意迎来又一季长长的花期。

时光如剑急。已记不清如此的寂寂古香、冷冷清露陪伴了几载寒暑，那些柔软粗粝岁月、唤醒沉睡觉知的瞬间和片段，却历历在目，清晰如昨。

夜深人静，在灯枯月冷中苦熬枯瘦灵感。世界沉睡成一片死寂。以为只剩下自己。一阵风起，飘来游丝般的香气，似有若无，时断时续。追着顽皮的精灵跑，被牵引来到伊的跟前。不知何时冒出的几粒花米，竟然穿透几垛墙的钢筋混泥土，在你的鼻翼微微散香。彼时，你真会以为，这是上帝派来拯救你于水深火热的精灵，启你心智，予你智慧，助你飞越思维认知的僵滞。

在红尘中跌跌撞撞。被外面历经千年风霜的世界，在时光轮回和岁月磨砺中沉淀的深邃与沧桑所吸引，总希望，振翅飞过沧海的辽阔。无奈，单薄的翅膀却被风雨淹埋。一身风霜、满心疲顿，退回容身的逼仄。发现，无论怎样桑田碧海，伊仍是旧时模样！不怨不艾，无声无息，安然于小小天地。让你看见，地久天长的端然安详！让你觅见，心之适意安放！

如此自持、和畅的伊，而今却没了花期。那是多久没有关爱的对流、驻足的凝眸，而又渺无音讯、遥无归期，终至伊如此冰冻，以绝然花期，隔离与这无情世界的深情对白。

异乡流浪的我，不顾现实的逼迫，汲汲负重，把枝繁体磐的伊，接来身边，置于视线所及。倾注爱的目光和礼遇，祈望，能让伊解封自闭，感知灵动。

植物尚且如此，何况是人？！

想起四海漂泊的娃。初来乍到，有水土不服，有前途迷雾，有调适心路。在这"庭前花未开"的时节，何尝不需要爱的滋养，光的向阳？！

庭前花未开，何尝不是让你，放眼远方大大的世界，不要被眼前小小庭院的繁花，迷失了眼！

庭前花未开，何尝不是让你，怀揣希翼，等风来，待花开！

那些在植物中感受的美好，那些在自然中聆听的心跳，让我了然，无论世事如何变幻，唯有爱与美永恒，和日月同辉。

一株植物，治愈无数。

维生素的救赎

傍晚,从缺氧少气、憋闷拥挤的地铁中逃出来,重生地面,犹如地狱回到人间。

照例深深呼吸一口冷冽的清风,挤出肺部填塞的一干废气。慢悠悠走回暂寄的蜗居,恨不能尽吸一路的新鲜空气。进得家门,一瓶兀自怒放的月季花,径自闯入眼帘!

这是一束粉色的小朵月季。插在简易的饮料瓶。郁郁葱葱的枝叶间,缀满挨挨挤挤的花朵。外围是紧裹无限希望的花骨朵儿,中间是浓淡恰相宜的花半开,最顶端是梦想淋漓尽致的绽放!

好一隅生命力的喷张!

正是这一束寻常的花,瞬间让寒碜的陋室,明亮起来,惊艳起来!

感念于闺蜜的每周一花,格外珍视这份可贵的缘聚,便在清水中加入了半片维生素。不曾想,如此小小的一点恩宠,让花儿竟然回报这般的欢颜!已是"一片飞来一片寒"的小雪时节,万物进入"蓄以御冬"的眠状。插花已第二周,枝枝却精神抖擞,似乎,沐浴在煦暖的春风!

一切的生命，原本都有情感，给点阳光，就能灿烂！

清晨地铁上经历的三站路的煎熬，不由浮现眼前。

上下班，地铁的高峰。总是乌央乌央的人流，毫无罅隙，挤满车厢的每一个角落。这一日上车，少见的稀松。站着的人，寥寥无几。一眼看见，车门正对的立柱旁，蹲着一位妇人。一只手紧攥柱子，头低沉，看不清面貌。在空荡荡的车厢头，尤显突兀。

这是少见的景象。要换往常，是没有如此大的空隙，让人奢侈地蹲着。

靠在车门的座位边，我一如既往拿出一本书，打发时间。这一日的文字，却变得少有的晦涩。总在眼前跳跃，牵引我的目光，看向地上的妇人。心里颇不淡定。

想，她是不舒服吗？怎么就没人让个座？

彼时，我正翻看周国平的《尊重生命》，"尊重生命的价值，当然不但要尊重自己的生命，更要尊重他人的生命。"几行字映入眼帘。

她真不舒服吧？忍不住，我的眼光又飘向她，力图瞪大双眼，想看清她的脸。

这一游弋，地铁靠了站。门开，我的心跳加速，怕涌上一堆人，不知她该往哪蹲。还好，只上来俩，并不影响她的地盘。

地铁继续晃荡，我继续苦读，"爱惜自己的生命，这可以说是本能，但人不只有这一个本能，人还应该有另一个本能，就是同情别人的生命，同情一切生命。"

但地上的她，却让我，分心走神。她的蹲姿，让站立的我，感觉一种生而为人的窘迫，与无助。我们之间，一览无余，让我忍不住，一次又一次，望向她。从依稀的神情，我也终于确定，她身体有恙！

请人给她让个座！这声音，像魔鬼，从看见她的那一刻起，一直在体内叫嚣。迟迟没付诸实践，刚开始上车时，没搞清状况，不敢贸然行动。等有些眉目后，看看四周那一张张漠然麻木的脸，和一派与己无关置身事外的冷凝，让我，望而却步，发声不出。一句简单的话，如鲠在喉，吞咽难下！

浑身的不自在，强迫自己埋头书本，如鸵鸟般，"人生的意义，在世俗层次上即幸福，在社会层次上即道德，在超越层次上即信仰，皆取决于对生命的态度……热爱生命是幸福之本；同情生命是道德之本；敬畏生命是信仰之本。"不想，这几行字，如芒在背，更加刺心！

再也无法熟视无睹。正不知当如何打破僵局时，地铁又一次进了站。看见涌上车的人群，就快把她湮没，我如见救星，就近请人给她让了座。那份如影随形的诡异难堪，终算化解。

如释重负之际，却也莫名的困惑。天天乘地铁，算来近五个月。期间，已若干次，请人给孕妇让座、给老人让座、给孩子让座、给晕车者让座，一切都自然而然，从不曾有违和感。这一日，怎会如此纠结、例外？

细想分别。的确不一样。以往每次，需要让座者都是中途上车，一进入视野，便第一时间做了安置，没有窒息的僵滞。而这一次，上车时尴尬的局面已然存在。让人心的冷漠，暴露于众目睽睽之下，赤裸裸。不知当如何，罩上这层，人性的遮羞布。

如果说，之前每一次，在目力所及范围内，对需要帮助者伸出的援手，只是一种自发的本能，一种自己曾有类似遭遇的感同身受。那么，这一日，最终能在一片死寂、鼾声四起的围堵中解困，无不得益于人类几千年来层叠精进的智慧。周国平关于尊重生命的论断，犹如一粒维生素，给养了枯涸贫瘠的心灵，蓬勃的绿意与张力。才能于单枪匹马的势单力薄，在一盘死局中突围。

好一场，维生素的救赎！

想想插瓶的花儿，与地铁上的尴尬，究其实，每个人，何尝不既是维生素的施与者，亦是受益者？！

前行的途中，请别忘记，时时给予生命，维生素的滋养。

三草两木

在这草木葳蕤的时节,我终于拿出珍爱的三草两木。把它们涂抹在我缺光少采的脸上,怀揣一份,春为大地换新装的欣悦。

正如固守,读书会有季节一样,使用化妆品,也会心随时变。自以为,这生机勃发的时节,最适宜这套三草两木。

犹记初遇时的心仪与惊喜。

仲夏,闺蜜寄来生日礼物。一层层拆开精细的包装,展现在眼前的,便是这套三草两木。外盒,满眼全是绿!草长莺飞,花开蝶舞,置身于春的呼吸!听见嫩枝拔节的自在,鸟鸣婉转的天籁;闻见风过无碍的微澜,空气无染的甘甜。自然的舒展,生命的原色!内里,莹白的瓶装,岚绿的字样,说不出的明净、素简!你的眼前,变幻着初生婴儿、晨曦露珠、雨后天空、幽林山泉的画面……

三草两木,三草两木,不就是现实的模样,生活的实相?!

不知何时起,个人的喜好,渐渐变换了味道。

年少时尤喜热闹浮华,容不得时光有半点的空余留白。每每闲暇便急急呼朋引伴，阔论高歌，似乎稍许的停顿，便是对生命极度的辜负。那些稍纵的青春，似火的年华，在声色喧闹的人群中，在狂热奔跑的节奏中，安置躁动的灵魂，消耗繁茂的生命，追逐生命的圆满。

那时，自我的满足，存在的理由，全赖外界的认可。努力的动源，畸倚升迁沉浮，目力的焦点，聚注名利世俗。活着，似乎只有这些物质的形态与有形的看见。哪管内里的虚无，家园的荒芜！

半生奔赴、一路尘土，餐风饮露、沙淘浪漉，终是滤去那些表象的浮华、诱人的虚假，一步步走向，鄙陋的修葺，自我的观照。

慢慢发现，残缺，才是世界的本来；孤独，才是生命的未来。

个体的性格缺陷，无论是与生俱来，还是后天伤害，便是世界不圆满的微缩呈现。由此，才有了"一个性格缺陷的人带着一群性格缺陷的人追求不缺陷"（一位教育智者言）的人生教育，有了"吾日三省吾身"的心灵修炼，有了"凤凰涅槃、浴火重生"的自我救赎。而这永恒的缺陷，只能靠你自己去发现，内在去重组，独立去承担，持恒去打磨。这一条修行之路，从人类的起始，通向不及的未知，没有尽头，遥无终点。孤独，是人生必经之途。

你开始喜欢，禅茶人生。用滚烫的沸水，冲泡各色各样的茶汤，感同身受其煎煮炼熬，历经一次又一次的洗礼，起起伏伏中，终归沉静、醇郁。沁著茶香，你轻吟随想：用春芽冬雪／煮一壶时光之茶／坐看／汤色变淡／光阴沉淀。

你日渐迷恋，书香独远。选友人相伴，你不再贪多图全，尤忌拙劣质变，像选化妆品一样精要：生态、康养、环保，自然散发草木的清新、花果的馥郁。你越来越发现，书香墨香中，往往有最美的遇见。那些穿越故纸堆的灵魂，无论跨过多少时光隧道，从不曾蒙垢褪色，依然灵动、鲜活如昨。你迷恋与他们相处的清明、智趣、达然，你热切地渴望，成为他们中的一员。并为之，乐享孤独，甘受烹煮。

过三草两木的生活，行旷远无限的旅途，修寂然独处的心路。

我和你

偶遇你,是在夜深人静时。我无头苍蝇一样,到处查询投稿邮箱。于海量的@中,瞥见了你。完全凭直觉,向你点击了发送键,投了一篇,已不记得是什么内容的稿件。

那是三年前。

不曾想,就是这不经意的一个按键,链接了你和我,前世今生的不解之缘。

(一)

"周末《西南作家》杂志的创刊会,我们一起去参加吧!"三年前,向多年行进在文学之旅初心不改的闺友发出热切的邀请。

"马上就到周末,我没报名啊,能去参加吗?"对此类活动很有经验的闺友,表示疑惑。

"应该没问题,杂志主编很谦和,我给他说说,争取一起去!"彼时，我和主编曾令琪先生，仅仅只有一通电话的交集。因为投稿，我循着无意间看到的联系方式，给主编打了一个电话，流露出初学写作者的惶惑与忐忑。听到过主编温润神定的声音。

"这是个什么杂志呢？水平怎么样？怎么没听说过！"文章经常见报见刊的闺友，眼界自然不一样。

"我也不了解，只知是一份新刊。我认为这并不重要！我所投之稿，杂志第一时间就刊发了出来。而且就凭这一篇稿，我还成了杂志的签约作家。我知道自己的水平差得很远，但杂志对我这等新人的不弃与抬爱，让我愿意，和这样的一份新刊，共同成长！"我如实道出心声，更像是表明一种恣意追随的决心。

从此，我漂萍无依的写作生涯，找到一个家。

彼时，我试图将烦恼的肉身，安置于辽愈的文字。凭着一股子寻找光亮的热望，在文字幽深的世界，毫无方向地飘摇。越是没路数，越是渴望鼓舞。当年一门心思沉迷于，把自己丑小鸭般的陋文，变成印在纸上的铅字。每每给主编令琪先生投稿，我都会发简讯，请他多多指教，看似无意义的寒暄，实则是缺乏底气与实力的露怯。先生的回复也精要，总是赞誉我写得好，并鼓励我多写多发。没有虚与委蛇的丝毫客套，每一个字，都是写实。

怀着朝圣、敬畏之心，仔细挑选投过去的稿件，篇篇都被杂志刊发。对自己的写作水平，尚有自知之明。一段时间，便有些疑惑，主编是不是，没有认真审稿？正暗自失落，却无意发现，被刊发的文章中，有细微的修改，不留意，很难发现端倪。为自己的小人之心而惭愧汗颜，更为主编不着痕迹的慈悲，心生敬慕。

后来，渐渐熟识，聊起主编不遗余力不溢言表对文学新人的扶持与提携，他感同身受地说，"当年自己也是这样走过来的，找不着方向，全靠一步一步摸索，那样的艰辛，永远铭刻在心。而今，希望通过自己力所能及的帮助，让后来者，少走些弯路。"如此深切的同理心，宛如最深的夜中那盏兀自摇曳的豆油灯，纵使火苗微细，亦能点燃希冀。让我，得以顺利迈过，"越是没内涵，越倚赖虚名壮胆"的蹒跚学步段。不再看重，文章是不是能刊发、著书是不是能走红，而是潜下心来，苦练内功，闭关自修。

尤其是在令琪先生收我为徒后，唯恐自己的薄浅，污玷先生的清誉，很长一段时间，都不敢声言。唯有埋头苦练，躬耕书斋，方能心安。

（二）

"主编，我昨晚投的稿，睡醒一觉后，发现有地方词不达意，又做了细微修改，重新发了一遍，请查收。抱歉，给您添麻烦啦！"清晨五点过，在文字飞舞的梦中醒来，我赶紧执笔灵感，对陋文作再一次修改。

数一数昨晚前前后后发给主编的修改稿，这已是，第七稿。心生忐忑，为如此叨扰。亦为自己写作水平的浅陋，总觉拿不出手。

"好的，没事！"六点过，收到主编简要的回复。

如此的对话，总是发生在，每一次给杂志的投稿后。持续三年，千篇一律，不见新意。每一次投稿，我总等不及，细细思量、慢慢打磨，老在完稿时，一刻不等的发给主编，无论是万籁俱寂的凌晨，还是昏昏欲睡的午后。迫不及待的心情，与小学生给老师交作业无异。

无论成熟与不成熟的稿件，隔屏发过去，总能第一时间，收到主编的回复。似乎；他永远在线！似乎，他全身心投入，只做这一件！

"给我一个你的快递地址，我给你寄样刊！"

"我在线等，地址请尽快发过来哈！"

看到主编的留言，已是半日后收到他的电话。那时，上班不能带手机，无法及时回复紧要的信息。这样的事，又发生过多次。主编已了解作息规律，留言改成，"看到信息后，请及时回复！某事需要，在某时之前，提供某资料！"

……

在这样不疾不徐的来往中，主编总是有求必应，有应必践。我的稿件，不断在《西南作家》微刊与纸刊登发。一些有特定需求的文章，在主编不遗余力的推荐下，也赶在恰好的时段，在各种报刊发表。通过主编引荐，我加入省散文学会……

三年，于琐屑如尘的光阴中，断断续续的简讯，零零星星的片段，我渐渐拼凑起有关杂志、有关主编的日常。

这是一份民刊，在纸质期刊被电子读物迅猛冲击的当口，中文系出身的主编与其大学同学及师兄弟，怀揣三十年的文学梦想，逆风而行，自费办起这家，立足西南、文交天下的杂志。说是杂志社，其实，就主编是专职，其他合伙人，都有自己的谋生主业。杂志没收入，仅凭一份痴爱坚守。每篇文章的微薄稿费，都是创始人自行出资。因其寡淡，有人中途退场，仓皇逃离。杂志一度风雨飘摇。

曾听社长黄锦平先生谈起，办一份纯文学期刊，是主编令琪先生，三十年不改的初心。因此，如此的举步维艰，并没有吓退主编。收稿、选稿、改稿、编稿，他一力承担；寄刊、发酬、接待、编读往来，他挺身在前；培训、座谈、拓展、洽谈，他谋划于先……

《西南作家》的微信平台，也是他独力支撑。知天命之年、有着典型传统文人气质的主编，却走在信息时代的前沿，学习掌握了公众号耗时耗力的编排、发稿，他将古典的文学梦想，插上御风翅膀的时尚！

杂志社这耗费心力而繁琐吃重的常规事务，却并不是他的全部，与我之前的想象臆断，相距甚远。在知晓杂志并不能维持体面的生存后，我默默关注，兀自揣度，似乎，授课、游学、做讲座，才是他的主业；签约写书、纳税出书、受聘编书，方为他的事业。几乎每一天，都能读到，他新鲜出炉的文字。隔三差五，便能见着，他的文章在各类报刊杂志微刊的发表。时不时，又能看到，他各类作品的获奖。常不常，还能开眼，他与各界社会名流，尤其是文学大家，会晤接洽的画面……

在这花团锦簇、气象万千的背后，我接触更多的，是主编事无巨细、事必躬亲的力行。反观自我，彼时，正为一些庸常琐碎的世事，而堵塞心智，低迷神志。总是愿意，把梦想，飘浮在天上。似乎，那才配得上，圣洁的诗意和远方。可现实，却是这般微芥而不起眼，如此磨炼眼到口到耳到身到心到的慧根秉性。从主编的身体力行，我恍然得见，他独具人格魅力的，三千威严的温煦亲和，却是，八万细行的修心淬火。

主编无声的影响，让我明了自己欠缺的所在。开始将梦想，植根于日常。左手油烟，右手笔砚，于滚滚红尘中读书写作，在嚣嚣人海中躬省修行。并将自己的签名，修改为：文字中现实苟且，烟火中诗意欢颜。

（三）

"师父，有幸跟您去拜见您的师父，受到的点拨，超乎预期！这是我见过的，最大的大家，果然非同寻常！"戊戌岁尾，从西安回程的路上，我忍不住收获满满的激动，一路给主编絮叨。

"的确，我每次见到师父，都会有，不一样的心得体会！"多次瞻仰大师风采的主编，有更深的感悟。

"师父，这全是托您的福！我何德何能，承蒙不弃成为您的弟子，今生才会有如此深厚的福泽。冥冥之中，遇见杂志遇见您，从此，被缘分垂青，被眷顾幸运！"终于有机会，道出肺腑之言，感恩之情。

"有收获就好！这都是你自己努力的结果！"主编一贯的，喜乐不形于色，温良谦让。

"努力，也得有慧眼识鉴！我几十年如一日的努力，别人都看不见，唯独您能明白！师父，难怪您师父会收您为关门弟子，您本不是凡人！"曾听主编无意提及，见我刻苦用功，方主动收我为徒。

跟随杂志一道，风里雨里追寻梦想。踉踉跄跄两年多，将自己负重的身，从无意义的奔忙中开解，将自己涣燥的心，安放于静好澄澈的世界。一路生长，一路向阳，却开始新的困扰：如此身心苦修为哪般？自己的人生，使命何在？虚无缥缈的灵性，何处安魂？

就在这寻找自我的岔路口，主编恰时提供了拜见大师的良机。不早不晚，开悟答案。有时我会想，他一定是有千里眼、顺风耳，洞明世间事、囊内心，方能于不动声色中救人于水火。就像武林高手，气定神闲处，已是飞沙走石无数。

读书，有了一点基础后，便会陷入自我否定的漩涡。会嫌自己读的书太少，矇昧不开窍。会嫌每日进步的速度太慢，跟不上世事变幻。会嫌人生太短暂，不够梦想实现！

戊戌年，一面与时间赛着跑，一面挣扎于出世与入世的身心交困。恨不能把前半生浪掷的虚空、废弃的光华，全都找回来。但俗世，却有众多的身不由己，愿难如意。那时，内外两个我，激烈冲突，手上忙着油烟，嘴里念着笔砚，恨不能，有分身术，让身体去跑步，让灵魂去读书。

这个节骨眼儿，杂志也面临转型升级的重大契机。如何带领杂志，昂首迈步新时代、闪耀于世界的舞台，主编肩负众望所归的使命，前往请教他的师父——贾平凹先生。因为主编慧眼的洞明、情怀的悲悯，让我有幸，聆听大师的天籁之音。

关于出世与入世的融洽平衡、身心灵的和谐共舞，贾平凹先生，用他自己的人生经历，做了最好的解答。去时方知晓，他一生都在体制内，时至今日，65岁的他，还会分身去处理应接不暇的事务。他的一部接一部，部部经典的传世之作，便是在如此繁忙的公务中，一笔一画地，手写出来。他认为每个人承担着各自的人生使命，要上承天意，下接地气。

他特别强调世俗生活的重要性，认为必须脚踏实地生活，才能有所领悟和收获。他说，"读散文最重要的是读情怀和智慧，而大情怀是朴素的，大智慧是日常的。"

一次西安之行，满载困顿而去，一身自在而归。也开始明白，主编乐此不疲于，一字一句的亲笔校定，一书一刊的亲手快递，一稿一酬的亲转微信，不过是，大智慧，都掩藏于庸常琐碎，而大情怀，都有一张最素朴的脸。正如贾平凹先生一般。

一烦一恼，都是道场。一粥一缕，都是菩提。一眠一醒，都是修行。最亮的曙光，总是穿越于，最沉的暗幕阻挡。最美的梦想，总会生长于，最深的红尘喧嚣。

从西安回来后，我将自己的签名，再一次进行修改：在文字中照见，人生的使命。文字，不过是，我们个人的喜好而已，一种表达生存状态的符号。究其实质，是以文字的方式进行叩问：我们当以怎样的使命存在于世，我们的使命最终，是否圆满。正如贾平凹先生所说，"文学其实最后比的是一种能量，比的是人的能量。"

光阴倏忽，急景雕年。一转眼，与你结缘，已是三年。这三年，是你"历经万难红尘劫"，"犹如凉风轻拂面"的三年。亦见证了你，"火中生莲"的壮观。

这三年，更是我人生中最重要的三年。有幸遇见你，让我从此，跨入因缘际会的能量场，像你一样，以烦恼之火，淬菩提之因，虔诚修炼，烈火中的那朵红莲。

相信，我和你，并非唯一。正是众多我和你一般的相遇，我和你能量的缘聚，方有，今日杂志的蒸腾气象，与辐射天下的梦想。

烟火气

没想到,这座城被誉为高大上的地标,仅一年,已然如此烟火气。

娃在他乡苦战。终于能有个周末,完全属于自我。

冒着如高血压一般陡然直升的温度,一整上午的琐碎奔忙,等终于可以坐下歇息,已是午后的一点过。

一个人,更要对自己的肠胃好。挤一站地铁,来到这里。眼前的景象,大大出乎意料。

凡是吃饭的地儿,无论是特色小馆,美食城大排档,还是高端餐厅,都人满为患。排队等号的人,让你以为,大家都在过狂欢节。不过是个周末而已。

在这高大冷凝、富丽堂皇、时时处处闪耀着金属光芒的楼里,充塞着拥挤的人群。隆重的烟火气,让你陡然消减,一种自然流动于空气中的隔阂与疏离感。

饥肠辘辘。等不及特色小馆的排队,随着人潮来到美食城。天南海北的小吃汇聚于此,总有一款,能刺激你的味蕾。自助式午餐,买单后,端着托盘，自助找位置。

放眼，这环形的用餐区，一眼望不到边，四周全是密密麻麻的座位，却无虚席。

小心翼翼托着瓦罐煨汤，穿梭在紧凑有致的快餐桌之间。从左到右，从前到后，我几乎走完用餐区，终于看到一个位置，人去面碗空。

顾不及桌上一片狼藉，我赶紧站着桌边的空地后，才问临座的老太太有没有人。得到否定答复，如释重负，从未对一个油腻腻的座位，如此渴求。或许，生命，原本就是如此简单，只需要，容纳一个托盘的间隙，便足以维系？！

请服务员快速清理了桌面，我没有惯常地用餐巾纸，细细擦拭，直接坐了下来。如获至宝，专情埋头于早餐和午餐合二为一的进食。

一笼粉蒸排骨，一罐土鸡煨汤，一碗参杂玉米碎的米饭。

对各种煨汤情有独钟，犹如热恋中的情侣，总也爱不够。多年不变。世上有一种痴爱，足以打败时间。坐下，迫不及待，尝了一勺汤，是喜欢的药膳味道。通过细火慢熬，一点一点，煲出了食材的滋味鲜香，亦煲出了光阴的醇厚绵长。无限的满足，溢满一勺老汤。

旁边的老太太，见我一幅地动山摇的吃相，忍不住搭讪，问我是不是从外地来度假。

我从啃满粉蒸排骨的嘴缝，挤出两个字，"不是"。

一阵风卷残云，略微安抚囊空如洗的肠胃，终于从笼碗罐中抬起头来。我看到，对坐正用餐的一位阿姨，和临侧问话的老太太，都饶有趣味地看着我的餐。

我自我解嘲，"这家的煨汤真不错，广告牌上说至少要煨五个小时以上，时间应该是有保障！"

"嗯嗯，这么好喝，肯定是慢慢煨出来的！"老太太一脸肯定地应和。好像，她也随同我一起品尝了汤的味道。

"我胃口好，吃啥都香。所以一个人，才点了这么多。别人一般都点个煨汤，再配一份素菜就够啦！"我忍不住为自己的大胃解释。

对坐用餐的阿姨说，"多好啊！能吃，还不胖，得让好多年轻人羡慕！不像我家姑娘，整天靠节食减肥，不敢吃！"一幅由衷的感叹。

旁边的老太太，自然地拉起我骨瘦如柴的左手，给对面的阿姨说，"看，这丫头这么能吃，还这么瘦，真好！不像我那外孙女，那么容易胖！"

这一刻，我感觉，老太太拉的不是我的手，而是她外孙女的手。

本是萍水相逢的路人，因了一个简单的动作，转瞬便亲如一家。人与人之间，讲究一个气场。有的人，只需一个眼神，便刻进了骨子。而有的人，交往一辈子，也成不了知己。

大快朵颐地吃着，热络畅达地聊着。知晓，这是一对母女，跟随子女，来到这座城市生活。老太太已八十六岁，四世同堂。着实让我惊着，看她鹤发童颜，身手矫健（中途她去了一次洗手间），思维敏捷，以为她才七十上下。

阿姨自豪地说起她的母亲，眼里话外全是崇拜。说母亲曾在部队文工团，目前如此高龄，还会玩手机微信，网络的各种功能一学就会。

这让我更是刮目。仔细打量老太太，五官轮廓凸凹有致，年轻时定是个大美人。岁月亦没打败她，脸上的皱纹并不明显，没有这个年龄应有的松弛耷拉，反而有一层世事洞明的佛光，将她环绕。

聊起她的外孙女，以及家长里短，老太太最有感触的是，现在的社会节奏快，年轻人压力大，工作繁忙，小孩费心。老人最大的分担，就是养好自己的身体，不要添乱。

阿姨帮女儿带孩子，深感养育的艰辛。她们感同身受关心我的小孩多大，谁给带。得知咱娃都是自己一手拉扯大，家里没人能帮忙时，老太太又忍不住拉起我的手，唏嘘不已，说，"难怪这么好胃口，难怪这么瘦，又是工作又是带娃，得多操心费神啊，这么多年真不容易！"

此刻，我知道，老太太的这番肺腑之言，是真真切切对我这个陌生人说的，而不是她的外孙女。她的共情，她的慈悲，源自于，时至耄耋之年从不曾间断的学习与修炼。

这让我想起，去了另一个世界的，杨绛先生。越老越有光华，越往前走越健达。一生，活出了别人几生累加也达不到的宽度、厚度与高度。她给我人生照进的一束亮光，永不泯灭。

老太太拉着我的，她那细腻光洁的手，将一阵阵柔软轻颤的电波传递给我。心底一阵波涛云涌：老，也要老得如此优雅通达，仁爱天下。

路遇之缘，让这顿简餐，活色生香，恋恋难忘。短短一年时间，这座处于井喷式发展的城，集聚了如此多五湖四海的人才与机缘。

吃饱喝足，与美丽的母女俩依依惜别。我们或许再难相见。但，我知道，这惊鸿一瞥的擦肩，她们，将深深烙印于我的记忆，让我于奔波的忙乱，心生舒缓。

独自来到楼下的书店。陪娃曾来过好几次，环境清幽，书籍齐全，无端喜欢。每次，都是匆匆忙忙把娃安置于此，自己再赶回去上班。心中很是羡慕，娃能有机会，时时浸润于如此的书香墨香之中。

如今，终于能够来此，阅读自己喜欢的书籍。心里的雀跃，不啻于与心仪的人，经过漫长等待的赴约。

不曾想，这里也人满为患，没了往常的清寂。孩子的哭闹声，谈话的交流声，甚至手机的视频声，充斥着书店每一寸咖啡吧的空间，让我甚是嫌厌。不知何时，一方净土的书店，也成为大众休闲的公共空间。有老人停顿休憩，有幼儿憨憨睡眠，有儿童嬉戏打闹，有青年，肆无忌惮地聊天，有中年，兀自沉溺于旁若无人的手机喧嚣……

异常失望，我转身想离开，却心有不甘。犹如畅怀理想的丰满，却眼见现实的骨感一般。找来找去，没有一处安宁。几番犹疑，索性，置身于闹市。

坐下来,点了一杯最近迷恋的普洱茶。透过清亮的茶汤,唾弃地看着正前方,两个夸夸其谈、喋喋不休的青年,心想,如此基本公共礼仪都不懂,大谈理想有何用?!

他们并不为,我的腹诽所动。我只能,调整自己的心态。要么走,要么留。既然选择留下,又何必,把这难能可贵的珍稀时光,耗在不相干的陌生人身上?!

回到初心,拿出沉迷的书,开始阅读。慢慢渐入佳境。一篇《烟火气》,闯入眼帘,却是如此契合,眼下的情景。

雪小禅说,"俗气,那是烟火的味道。而这味道,有脚踏实地的温暖。"

仅此一句,我包容了尘世的不圆满,接纳了生命的瑕疵点。

想起雍容的老太太,陡感汗颜。一边为高贵的灵魂顶礼膜拜,一边却依然以浅薄的狭隘自我设限。难怪,眼中总有浊气,少缺悲悯与慈怀。

反观内照,自己又何尝不是满身烟火气?蛰伏于皮囊之下,混沌懵懂的一颗心,是如此眷念人间的烟火味道。这一粥一饭,一呼一吸,都满含,让人安心的修炼。安心,由红尘最深处的烟火而来。

一个场景,总是在脑海盘桓。人气火爆的涮锅,滚沸着咕嘟作响的清水汤头。适意地涮着,原滋原味的食材。不经意间,唇齿生香。人说,生活,就是如此,大众,接地气。方可久久长长。

回望,历经风雨的淘沥,一路走来,相依相伴的,不是那些高挂天际寂美的星辰,而是一缕缕,平易温煦的,暖心暖肺的阳光。

烟火气,如同这随处可见的阳光,包围着我们、滋养着我们,不离不弃。

一个人有了烟火气,才有丰满的灵魂与精神。

一份情有了烟火气,才有厚重的温馨与笃定。

一座城有了烟火气,才有向荣的新生与繁盛。

小意外，小遇见

如果不是小区连续几日停气的小意外，或许，这样的清晨，便不复存在。

立夏之后，温度如脱缰的野马，一路风驰电掣，狂奔攀升。天气如蒸笼般闷热，心情如蒸汽样潮湿。热得奄奄一息之际，接到通知，小区所在的辖区，周末连续停气四天。

冒着一身一身的汩汩热汗，在出租屋空调只出热风、热水器无法制热的蜗居斗室，咬牙坚持了一晚。实在难以忍受，如此的高温，几天不能洗澡的困窘。周六一大早，把娃送进学校，赶紧去周日娃补课的周边，寻摸了一家酒店。住下来，第一时间，奔进浴室，冲洗被汗水盐碱侵蚀的皮囊。

周日早上，天地还在睡梦中，把娃送去附近上课后，惺忪的睡意，已自动溜走。信步走到旁边的宽窄巷子。

青石板的路上，人很少。两边林立的或厚重黑色，或原木纹路，或雕花彩绘，或镂空窗棂的深宅大院、精舍小门，户户紧闭，只有三五游人，或倚门而立，或贴阶而坐，与这安然的巷子合影，或空留静物倩影。

　　来过很多次的宽窄巷子，从未有如此的古意，沉寂。以前每次来，都人山人海，热闹非凡。被人流挟裹着，身不由己往前，来不及停留。嘈杂，熙攘，让人只想由此脱身，尽快离去。

　　这一天的清晨，从一街之隔的红尘，放缓匆忙的脚步，走进这里的小巷。空气是如此的清新，呼吸是少有的匀称。露珠挂在草叶间，清亮着一张晶莹剔透的脸儿，惹人爱怜。绿茵如织的大树上，时不时传来一声鸟鸣，清丽婉转，悦耳动听。

　　路过一座深深的庭院，修竹绕宅，掩映着雕窗飞檐，旧貌褐颜。坐在竹下历经风吹雨打的木条凳上，满眼翠绿，一方清幽。不仅遥想，宅子的主人，是如何的风雅、意趣，让其生命的印迹，在这一草一木的生长、一砖一瓦的记忆，轮回四季。留给后来者，美的发现，与心灵的感动。

　　原本世上，存在不随时间而消逝的东西。

　　流连于此，宅子的转角处，遇见别样的风景。这是一处天井的设计，高大的黑褐砖墙下，摆放着一只巨硕带鼎的油亮铜缸，里面长着满满的一钵铜钱草，油绿光亮，恣意蓬勃着绸缎般的生命力。正前方，镶嵌着一扇通透的玻璃窗，里面有一只细腻精致的茶碗瓷器，如玉般的质地，悠然散发着莹净清郁的绿意。一静一动，一俗一雅，窗内外相互呼应，浑然天成，有"清夜无尘，夜色如银"的禅意，在画面流转，直达心底。

　　意外处的仓皇，烟火里的芜杂，不知不觉沉静下来。驻足在扇扇紧闭的院落外，想象着，幽僻的巷子，深邃的门里，隐藏着怎样的斑驳岁月，与过往云烟。那黑瓦青砖，古树苔藓，似乎，都在述说着，或激昂或智趣的一个个故事，或婉约或豪放的一段段历史。或许，正是这般厚重的积淀与阅历，才赋予如此的小街巷，陈窖醇香的意蕴，使其充满神秘和魅力，吸引天南地北的游人，熙熙攘攘，来来往往。

在这意外的清晨，我亦遇见，阿兰·德波顿《旅行的艺术》描绘的心路，"这些偏僻孤立的地方给我们提供了一种实实在在的场景，使我们能暂时摆脱因循僵滞的日常生活中难以改易的种种自私的安逸、种种陋习和拘囿……"试想，如果没有生活那恼人的小意外，又怎会有心灵这清丽的小遇见？

每一次意外，都是一个人生的转弯。

每一回改变，都是一轮成长的遇见。

与植物共呼吸

已很久，不曾打理，大大小小的花花草草。

满屋颓败，委顿。任由它们，兀自枯灭。心底最隐秘的一隅，早已涟漪泗恣。

走过千山万水，发现，植物最是有情，总能与你同呼吸，共悲欢。

戊戌。开年。长期紧绷如弦的身体，终于亮起红灯。一次没有节奏的加班，引发头痛，似狂风骤雨，一波又一波侵袭，让你的灵魂和肉体，分离。沉在昏天暗地里，以为全世界，只剩下自己。

随着发作的频率越来越高，持续的时间越来越长，疼痛的程度越来越烈，不得不停下手中的一切事情，尤其是与文字相关的工作，包括阅读与写作。更是不能用脑，似乎顶着的，只是一块榆木，无法思想，难以自主。只能彻底放下，放空，放松。

寄寓蜗居，惯与植物相伴。一夜之间，心宽体胖、丰腴圆润的多肉们，却忽然生了病。全身满是黑黄的斑点。花容失色，生机顿消。叶片很快脱落、萎缩，失了精气神。

满屋的葱茏，在潋滟的春光里，黯然失魂，凋零。室内室外，两重天。

求助于小区的小花屋，和善的美女老板专程上门来诊断，确认多肉们生病后，配上杀病菌的药水，进行全面喷洒。为隔离，还请她搬走一盆心头爱，代为救治。

喷药后，多肉们并未好转。连带新买的栀子花，也被传染，形容枯槁，香消玉殒。

无力照拂，室内一片萧条。

饮食调理、健身跑步、静养生息，一段时间后，元气渐渐恢复。

一日黄昏，下班后披着霞光进屋。惯常去生活阳台收晾晒的衣服，瞥见，置于角落的一盆杜鹃叶山茶，枝丫间竟然缀着一朵怒放的红花，爆烈惊艳！呆呆打量这独秀的一枝，还有几个不起眼的花苞，已很久不曾关注，不知它们何时，迸发出巨大的生命力！似在无声宣言：你在或不在，我都如此娇艳；你看或不看，我都这般耀眼！

那一刻，再一次为天地间的生灵所折服！

一朵红花，激起我对眼前植物的无比疼惜。打起精神，彻底清理满屋的残迹。拔掉枯死的植株，修剪残败的枝叶。浇水，松土，施肥，清洗，重新规整。

打理这出租屋，正好水培一年的文竹和绿萝。其根系，已蔓延于有限的玻璃瓶，盘须错节，纵横交织，俨然一个兴旺的大家庭。喜欢这样不矫情、不骄纵的植物，只要有一点点清水，就能存活，开枝散叶，绿意蓬勃。无论世事如何沉浮，光阴怎样波澜，从不苛责，不怨尤，自顾自在甚是有限的容器，将自我延展到极致。

养了好几年的龙须兰，自从前两年分了盆，一株独住一室，在相对自由的空间，迅速舒展，长成伟岸儒雅的男子。羽美须髯，俊秀挺拔，层层叠叠间，洋溢着向上的无限张力。让你对未来，充满各种憧憬与期许。心怀向往，以为打个盹醒来，便会看到，不一样的高度与景致。一眼望不穿的明天，才会光彩炫幻，壮阔波澜。

在每天都会光顾的超市，看到待开的向日葵。喜欢尝试各种不曾养过的植物。买了三枝，一支已露出金灿灿的笑脸，一支半开，一支羞怯地蒙面。插在最高的花瓶里，在水中加了少许的盐，为其摆拍了各种姿势。第二日一早发现，一夜之间，花朵已散开不少，仰着向阳的饱圆，一派明艳的亮丽，盖过周围的绿肥红瘦。有满城尽带黄金甲的生辉，有冲破一切阴霾日光暖的绚烂！喜欢生命，如此竭尽所能的盛开！

在夜市的路边摊，捧回一盆铜钱草。油油绿绿、圆圆滚滚的叶子，开着零零碎碎、素素淡淡的小白花。喜欢它们，顽强坚韧、福禄寿禧的秉性，一抔清水，便能培护，满眼的新绿。更喜欢它的另一个名字：铺地莲。铺地莲，铺地莲，细细密密地叫着，庸常烟火的生命，陡然雅致清朗起来。有了一种，素简的禅意，在空气流转。

......

因为这些新新旧旧的植物，屋子里又有了久违的生气与绿意，流入你的血液里，融进你的呼吸里。不仅人与人之间，人与植物之间，也有相生相牵的气息。彼此滋养，相得益彰。正如一本书名：《你活着，因为你有同类》。

与植物共呼吸，满屋清气。

一碗油汤饭

又到最美人间四月天。

蓬头垢面的我，又在闭关。文字，是今生一场剪不断理还乱的修行。

寄寓的蜗居。窗外的道路，没日没夜地修建，一派只争朝夕的热火朝天。楼层低，没封阳台，房间不隔音，轰隆隆震天响。大脑本就处于混沌胶着状态，加之写材料晚上习惯性失眠，整个世界都变得昏天黑地。虽然太阳顶着一张热情洋溢的脸，想要把光辉洒进每一扇心房，我却不得不狠心将它拒之户外，紧闭所有的门窗，让耳畔的噪音，拉开一段距离，降低一些分贝。这是名副其实的"闭关"。

一台笔记本，源源不断的咖啡，我在与世隔绝的时空，艰难跋涉于，一个又一个，荒无人烟的脑沟回，自己和自己较劲，自己和自己决胜。

几个回合下来，已然是扒皮抽筋，元气大损。撑起难以直立的腰身，脊柱疼痛不堪重负。从斗室艰难挪步，移至阳台，顺带让房间也透透气。大大小小的多肉们，在滚热的阳光下撒着欢儿，尽情舒展着肉嘟嘟的身姿，千娇百媚，煞是可爱。

此时，肚子不合时宜地咕咕乱叫，打破片刻的宁静。才发现，已过正午。

想着给自己做点美食，补充能量，以便继续消耗。没精力大动锅勺，因陋就简，把一碗剩饭，做成了油汤饭。

用炸过大虾的熟油炝锅，翻炒豆豉、豆瓣酱和萝卜干，出香后加水，烧开，加剩饭，起锅前放菜叶。总用时不到五分钟，成本不到五元。有汤有菜有味道，闻着垂涎，吃着可口。汤汤水水两大碗，竟然风卷残云，很快下肚。有虾的鲜香，有萝卜干的咸甜，有豆瓣的麻辣，回味无穷，意味绕梁。

打着余香的嗝儿，四肢百骸都通透适意，流转着这油汤饭的美味。瞬间，消解了所有的疲累与压力，飘飘欲仙，感觉人世间如此美好。就像那高悬于空的太阳，就像那沐浴阳光无比惬意的多肉，就像那一树一树花开的四月天！

这晨昏颠倒、苦苦煎熬的日子，因了这一碗寻常的油汤饭，竟然活色生香、轻盈灵动起来。儿时的味道，扑面而来。

二十世纪八十年代初，在山里度过的童年，物资匮乏，最爱吃油汤饭。

小小的单位没有食堂，每顿都得自己做饭。天性喜美食，从小爱下厨，无师自通，七八岁已能独立操持家务。油汤饭，便是那时学会。已不知从哪儿习得，似乎生来就会。

爱做这道汤饭，既省时，又味美。尤其是中午放学回家，只要有剩饭、剩菜，基本以此果腹。

那时，最喜有带肉的剩菜，加在汤里，会让人心满意足得以为整个世界都盛装在这汤勺之间。菜苗是家家户户在屋前屋后辟出的小块菜地里现吃现摘，包括小葱蒜苗，水灵鲜嫩，绿色环保。没有剩菜的时候，就会用菜籽油炝锅，爆炒家里自制的豆瓣酱，同时一定会加蒜苗或香葱，来提味道。

就这样一碗油汤饭，百吃不厌。每每吃饱喝足后，总有汩汩的幸福感，打心底流淌。让那些粗茶淡饭、布衣蔬食的岁月，在巧手烹饪、自力更生中飘香。

不曾想，几十年过去，如此的喜好，并不因岁月的流逝而淡忘。尤其在一些艰苦环境，总能解一时之困，带给人光明与温暖，坚韧与乐观。

就如眼前，无根悬浮于这蓉漂的旅途，已是人到中年。前半生的按部就班、碌碌苟安，在浪潮翻滚的这片热土，被从此推翻。如何不负这日渐稀薄的美韶华，不负这生机勃发的新时代，面临着人生的又一次出发。异乡的漂泊，未知的无数，难免让人，心生无助。

一碗材质简易、做工简便的，渗透童年味道的油汤饭，却如此轻易破解心中的悬念，带来意想不到的，笃定与安稳，坚定与信心！

一如这大半年的蓉漂，天天挤地铁，吃简餐，居陋室，为生存而奔忙。忙工作，忙娃，忙着皮囊与灵魂的安放。却让众多熟知与陌路误以为，咱不食人间烟火，闲闲地写写文字，侍弄侍弄花草，装点装点娃的门面，似乎活在天堂。

殊不知，人前多光鲜，人后多苦练！同样的环境，每个人的感受迥异。活的，不过是一种心态而已。这样的心态，与个人的成长轨迹息息相关。

阅历，才是人生最大的财富。

感恩成长中，于困苦岁月铭刻的经历，习得的技能，锤炼的心性，它们是那么的弥足珍贵，给人精神世界烙印的底色，总会让人，受益终生。

哪怕是一碗油汤饭，也能让你，坐拥整个春天！

风雨中，木樨不期而至

　　看见木樨那米粒般羞怯娇弱的花骨朵儿，是在周末的午后。

　　送不走的酷暑，与突兀来的秋凉，强烈的反差，让人措手不及。

　　整理被一季高温荒芜、懈怠的花草，拔掉完全脱水的植株，修剪卷边焦黄的枯叶，松土、洒水、浇灌，满室绿意盎然，生机勃发。

　　仔细端详生活阳台那盆心爱的四季桂，相较去年，枝丫明显稀疏，叶片褶皱干枯，长期处于自生自灭，缺乏雨露的滋养。能在炎夏的肆虐和人为的冷落中存活，让你的心如这骤降的气温，浸在一层柔软的薄雾中，感动于这绿植的不死与陪伴，淡然于来的来了、去的去了之人间聚散。

　　忽然，在一根灰褐细瘦的秃干上，见到一颗淡黄的花苞，小小的一粒，如同新生婴儿般紧紧依偎于母亲的怀抱，探出柔嫩的头，畏怯地打量这新奇的世界。惊喜地继续搜寻，在一枝新发嫩叶的顶尖处，挨挨挤挤着一群姐妹花，你推我攘，似乎在争先恐后地竞选天仙使者。

　　去年的木樨素盏，墨迹未干，年轮不倦，又是一季桂飘香。

一夜淅淅沥沥的秋雨。走在湿润的小区，一阵熟悉的辛香，在身前身后缭绕。

贪婪地深吸，四处寻找，这缕天香的来处。在不起眼的路边角落，荒寂的丛林中，湿漉漉的地上，铺上了一层星星点点的黄花。是木樨，不声不响酝酿，一夜之间，来不及绽放，便风吹雨打，零落成泥。拈起一朵在指尖，香满眼帘。积蓄一年的梦语，诉诸半朵素字。

自此，清清寒寒的空气，被丝丝缕缕的木樨染香。一路追着你跑。

在楼上的办公室，埋头于琐琐碎碎的杂务，日复一日的倦怠，困惑于忙忙碌碌的身后，究竟留下了什么。一阵秋风送爽，这缕香从地面升腾，不期而至，钻进你的腑脏，澄静你纠结于俗世的烦躁，一丝美好，熨帖滑过心尖。楼下墙角那排姿色平淡的木樨树，正"天香云外飘"。

夜半，窗外有唧唧的虫儿，此起彼伏地鸣唱。昏黄的灯光下，写不成章的文句，如虫鸣声一样，断断续续，被自怨自艾的苦恼情绪笼罩，为少壮不努力而懊悔、为心浮和气躁而自责。这时，一股淡淡的甜香，在室内缥缈。阳台那盆四季桂，哪怕缺水少营养，花粒儿单薄，也努力让它的幽香，游弋在你的世界。一年的积攒蓄力，只为这激情的灿烂和梦想的馥郁。

穿行在这或清幽或浓稠，哪怕零落成泥，也不失本心的木樨花香中，心，无端端水润起来，犹如这场秋雨对焦渴大地的滋养。那些不可抗力中的困顿迷离，那些背离初心的舍本逐末，飘散于魂寄云端的天香，轻舞飞扬。

为了来年的飘香，默默积蓄，始终如一，像木樨一样。

一个人的山河岁月

越来越感应,天地万物,都有自己独具的气息,气场,气韵。

正如这日的午后,坐在书屋的茶吧,啜饮着卡布奇诺,沉浸于书墨卷册里的人生。同样的一册书,却带来,别有意味的感受。被一种坐拥天下美好,七魂六魄开窍的壮阔所包裹。天地很静,只听得自己的呼吸。

彼时,茶吧坐满了人。有旁若无人煲电话粥,有眉飞色舞肆意对白,有孩子不加掩饰的纯真童音……这一切,却被隔离在我的视听之外,天地苍茫,宇宙洪荒。

坐在最深的红尘,喝到咖啡慢慢地冷掉,看心形的沫渍,一点一点零落。就像生活,从最初的丰腴圆满,一步一步,走向清瘦散乱。

这样的市井烟火,深深迷恋,令我!但此刻,是什么,又让我剥离于嚣嚣红尘之外?

彷徨四顾,只有书,充塞四壁,浩瀚无边!

置身于积简充栋的翰墨书香,散发出的庞大气场,会让你,心意相通,心魂相融。似有无数的先哲圣贤,在助力,在点化,一指参禅。

不知何时起，突然对面相感了兴趣，恍惚一夜间，便开了悟，得了道。随处见人，无论熟知陌路，嗜视其脸，相一面，似乎能觉其纹理，一张脸，写满曲曲直直、浊浊清清的来路归处。由内而外的气息，无论如何伪饰，总难掩其斑。难怪那些圣人、哲人、贤人，在世事沉浮、沧桑变迁中，总能做到不辩，不言，不忿。因为一张脸，已将每个人，曝光于青天白日之下。乾坤朗朗，日月昭昭，何处遁形，何须强词？！

看不透，是自身功力不够！稳不住，是内在修为不厚！

也越来越，相信因缘际会。你的生命中，不仅会遇见，爱你、护你、佑你的，恩人。也会降临，妒你、污你、毁你的，小人。

到你生活中来的人，都不是偶然。那些粗鄙浅薄猥琐得让你不忍卒视的面孔，难道不正是你自己的映照吗？他们来提示你，或许，在活得更通达睿敏静气的更上层次的高人眼里，你，也如这般跳梁小丑样，冥顽不化，不可理喻，非要让"白"染上"黑"的杂质，让"是"蒙上"非"的尘垢，让"美"罩上"丑"的面纱，令人避之不及，面目可憎！

这悖论的循环，在于你的认知边界只有一个点，却不知点之外，还有一个很大很大的面。

当别人告诉你，你可能永远都望不到边的世界的模样时，你或许惯性思维绞尽脑汁也无法理解，而一味主观臆断专行，美其名曰坚持走自己的路。如果不遇一些重大变故或乾坤挪移，你可能永远不会知道，曾经的自己，有多幼稚可笑渺小。也或许恼羞成怒于自己的相形见绌，而扭曲事实恶意中伤。以为如此，便能扫平你前进的障碍，维持现有的秩序，行进在臆想的轨道，一成不变。殊不知，真相，如你头顶的神明，一直睁着清明的双眼，盯着你，不打盹！

万事皆有因果。看似的意外，早已在某个不经意的瞬间，写下必然的结局，难以更改。

你终于学会，不以分别心，对待命定的恩人和小人。怀着同等的虔诚，感恩于途中的各式遇见。风雨起于心海，江湖囿于格局。能被剥夺、被打倒的，从未曾真正属于你，是你不自知而已！

　　正如这个没有阳光的寻常午后，我在密密匝匝的人群中，读着《一个人的山河岁月》，隔着水迢迢、山重重，在或诡异或华丽，或凛冽或妖娆的文字里，触感到写字女子的神思气韵。一种"银瓶乍破水浆迸"的裂帛之声，刺穿长空，直指你的灵魂深处！

　　"也许每个人的人生都有这样一个刹那，瞬间被参透。那一个刹那，便是前世的大因缘，留下了这跌宕起伏的伏笔，等待有个刹那被开启。"在她如是的文字里，溢满她的气息、气场、气韵，我混沌于心的某个角落，被起开，填塞。

　　气息相近的人，才会相互懂得，慈悲以待。

　　一爿奔腾山河，只在心底围突。似一梦南柯，地热一河。时光自顾顽皮、孤寂，不急、不燥，地老天荒。

　　岁月是自己的，与他人无关。

第二辑　一手油烟，一手笔砚

在这美好的物事前，红尘烟火中的满腔腹怨，瞬间消散。

难以抵达的远方

年初一。我们奔赴在自诩为寻找诗意和远方的路上。

经过马不停蹄、闻鸡起舞的两天疾驰,在尘土飞扬、机动摩托肆意横行的乡间公路,顶着南国热情似火的正午阳光,车水马龙排了近一小时的长队进港。人车分离后,在北港码头候船厅,人声嘈杂、空气滞阻中,看了近两小时的闲书,聊以打发慢吞吞的时光,平复急火火的心焦,终于登上巨大的渡轮。

站在南海通透敞亮的甲板上,吹着清冷强劲的海风,当浑身汗津风干成一层生硬的盐渍,不惧千里奔波劳苦,热望渴盼的"面朝大海"就在眼前,却无想象中"春暖花开"的美好呈现,只有一头散乱的发丝,在风中随性地飘,无根地绕。

一望无垠的茫茫波面,看不见须弥山,亦不见八公海的边缘。海风料峭,穿个透心凉,瞬间从盛夏回到寒冬。波涛滚滚,腾起白花浪,击打哗哗啦啦的起伏心跳。在重心不稳的摇荡中,战战兢兢握紧手机,试图将"面朝大海"框入画面,发个朋友圈,似乎自己就抵达了诗和远方。

只是那原本并不驯服的乱发，在疾风中更是不争气地乱了章法，泄了底气。

当大海在海子的诗中成为安魂之乡、搏斗之乡、理想之乡的意象，在全球蔓延开来之后，"我有一所房子，面朝大海，春暖花开"便泛化为全民的幸福梦想与精神向往。似乎大家都缺一所面朝大海的房子，安放无处皈依的魂灵。于是乎，人们朝圣般奔向海边，看到包罗百川、有容乃大的海子，便以为就有了房子，就能理所当然地看到春暖花开。

而现实，并不会如此程式划一，千篇一律。且不说奔赴的旅途，如何艰险、添堵，就算我们费尽心力，以苟且于一地鸡毛的智力，一关一关，闯过其间隐藏的危机与不可预期，到达目的地。又会发现，人云亦云的理想，哪怕真的实现，却并不能带来幸福感。或许，我们会水土不服，无福消受海风中的美景，让本就杂乱无章的三千烦恼丝，愈加地凌乱不堪。

我们内心所需要的，我们有能力消耗的，或许，只是一间山野茅屋、一间乡村木屋，而非大风大浪笼罩的海景房。

如果眼前的苟且都难以应付消解，又何以从容消受充满未知不可控因素的养分丰腴的诗和远方！

我们不辞辛劳，看了美景，吃了美食，拍了美照，却并没有改变固有习性、秉性、心性。我们吃了那么多苦，走了那么多路，看了那么多景，却只是换了一个地方，以自己尚存缺陷、局促甚至偏差的方式，固执生活。我行我素，抢道加塞，随地扔垃圾废物；没心没肺，随意喧嚣，无视旁人观瞻视听；无敬无畏，肆意妄为，大胆亵渎先贤圣明；不移不易，始终如一，把僵化单一自豪地当作矢志专一……

我们的如此奔赴远方，难免会造成别人的憋屈与苟且，甚至会成为，一场添堵、添乱的灾难！

回到自己的地盘，我们或亦无改变。不读书，不自省，不修正。我们不愿打破固有的思维模式，我们无法面对不完美的自己，我们害怕触及灵魂深处的整饬。诗与远方，不过是一场，永远无法抵达的旅程！

正如雾满拦江所言："没有思想的人，走出再远，其实还在起点。"

我们追逐的诗和远方，不是别人画给我们看的美好世界，也不是我们看了几本书后一知半解的臆想，更不是行百里者半九十的半途而废的曲解。而是我们读了足够多的书，站在众多巨人的肩上，看到的光明和希望；是我们走得足够远后，体验到的世界的宏大和美好；是我们有了纵横捭阖的思维深度，而构建的自我的思想体系和精神内核。

以上感想，并非完全形成于路上，而是在囫囵吞枣的阅读与走马观花的行路中，获得的似是而非的一知半解。正好来到海边，海便无辜地躺了枪。

赶一场，没有阳光的海

跟着孤独星球的视野，来到琼海博鳌小镇这家，名为"海的故事"的主题吧，已是薄暮时分。

故事吧依岸而居，沙滩和大海，就在跟前。

天阴，偶尔飘来一帘雨丝。穹窿一片冷灰，远方，有轻烟缥缈。海，以青黛为底，推起一波又一波白色浪头，打在沙滩上，碰撞出欲语还休的煎熬。地平线，水天相接处，似乎风平雨住。

南方的天，黑得很早。尤其是没有夕阳，天幕很快黯淡下去。海的故事，便成为船灯的天地。一盏盏锈迹斑斑古旧的煤油灯，置于亭阁里的条桌上，高挂开敞的柱窗上，搁放海岸露台的栏杆上，一片星星点点、摇曳闪烁的渔火。

一切关于南方，和海的想象，追溯原初，来源于二十世纪七十年代末潘安邦《外婆的澎湖湾》这首校园民谣。阳光，沙滩，椰林，碧水蓝天，一个暖暖的世界。这成为，闭塞无知的幼时，对远方、对梦想，最直观的渴望。

隆冬时节，不惜穿山越岭，千里迢迢，一路向南，奔向天涯海角，心心念念的，便是那里的艳丽日照、旖旎百花、秀丽海滩，满满的暖色调。

而今，坐在豆油火苗的影影绰绰中，听着巨浪拍岸的惊涛，感受凌烈寒风的呼啸，用着南洋风味的晚餐，没有落日熔金的斑斓余晖，没有晚风拂面的轻柔浪漫。气氛变得冷凝、肃穆，甚至鬼魅。从四面八方汇聚而来的游人，一队队一群群，各自围着一盏昏暗的油灯，静悄悄地用着餐，几乎没有人出声。似乎心有所盼，又似乎怕惊着了谁。

豆大的火苗，在玻璃罩中东倒西歪、左右摇摆，每一刻都有被吹灭的隐患。每一刻却还在顽强地自燃。这众多的渔灯，是出海渔民黑夜回家的指南，是岸上亲人望眼欲穿的期盼！明了这暗沉气氛的由来，再咀嚼南洋口感的海鲜，嘴里便有了不一样的滋味。那些关于命运无常、风浪无情，背井离乡、客死他乡的影像，齐齐涌上心头。在咸鲜、回甘的味道中，透出丝丝隐晦的艰涩。

想象着，这家海的故事，在晴天丽日的阳光下，可以是一幅多么唯美的画面，能满足对诗和远方的所有臆想。怀旧的风灯，营造的是一场浪漫的烛光晚餐。轻漾的红灯笼，朦胧的光影，异国风情的餐饮，耳边传来细浪逐沙滩的缱绻，一如情侣的深情呢喃。

在阴雨乌云的风浪中，却是一次惊心的遇见，变成一种直抵灵魂的触发，从里到外，彻头彻尾的冷色调。疾风劲浪，地动山摇，阴风惨惨，鬼火荧荧，海啸、台风的画面，夹杂着腥湿的气息，扑面而来。分明是一场，灾难大片的回放。同样的场景，却可能是，如此迥异的体会和心情。

想起一天前，住在文昌东郊椰林的海边，万籁俱寂、天地沉睡中，起了个大早，精心换上美丽的装扮，等待赴一场，海上日出的盛宴。谁知却没有阳光，惟余时有时无的细雨飘扬。天空有乌云压顶，大海有风浪侵袭，海风如刀子般，穿透薄薄的裙衫。一个浪头打来，湿了的裙摆，没有轻舞飞扬的美景，只有沉重生冷的心境！

这样的一场赶海，该会是多么的令人弃甲曳兵，低首下心！可事实，并不尽然。正因为如此不尽如人意的天气，让偌大的海滩，没有惯常的人山人海。没有千人一面的，唯美足以做电脑桌面的画面。寥寥可数的三五游人，各自独占，心仪的一方海天，在这临时的王国，只作自己的王。各种奔跑、逐浪，各种摆拍、自嗨，各种心性、表情，释放着最真实的情绪，呼吸着最自在的空气，触摸着最原色的自然。不用同时发出见到日出时整齐划一的惊呼，"哇，好美！"美，不应是千人一眼，而是源于个性特色，源于丰富多彩，源于千变万化。

况且，没有见识愁云惨淡的困窘，怎能分辨拨雾见日的喜美？没有体会风口浪尖的险恶，怎能珍视四海波静的太平？

人生不会是一场，应然的旅程，而是由一个又一个，充满无常与变数的偶然，组合而成的必然事件。

原本生活，有多种可能，正如旅途中，时常会遭遇阴雨天，会出现无法预料的意外。

海的故事，亦有多个版本。这里讲述的，只是千万个偶然的一种。正好碰上，日出罢工，见识到客观存在的另一面。赶上一场，没有阳光的海。

春雪初霁美挼蓝

　　我该怎样来描摹你，形容你？正午，艳阳，在首都的蓝天下，仰望苍穹，无望至绝望的情绪狠狠笼罩着我，匮乏到无力的苍白。

　　这冬末春初、乍暖还寒的雨水时节，一场赶得太急的春雨，却嫌春色来得太晚，轻舞飞扬成漫天飘雪，穿庭树，作飞花。

　　昨天转瞬至今天，便与这场远方的软语春雪擦肩。不是没有遗憾，只叹，春急，景远。

　　就在这淡淡的怅然惝恍中，惊见一片蓝，一片澄澄澈澈的蓝，浩浩汤汤的蓝，清清白白的蓝！

　　正午的太阳，高悬于天，金线四散，万物生光。它的背景，是一片浩渺无边、纯净无染的蓝！在这样通透的蓝天下，世间万物都变得清亮起来，明白起来。

　　钢筋混凝土的高楼大厦，一扫惯常的生冷僵硬，格外地伟岸挺拔，洋溢着顶天立地的气量。还沉溺于隆冬的庇护，顽皮地与早春捉着迷藏的桠枝虬干，裸露着原木的本色，没有寒风凋零的孤寂萧瑟，刻画出细枝堆烟的柔美浪漫。色彩明艳的彩旗，摇曳出满目生辉的斑斓。就连造型简洁单一的路灯，都站立成别具一格的风景……

呆怔在这一片春雪初霁的蓝天下，搜遍我贫瘠的大脑，想要一个词，来妥帖描绘这片蓝，终是书到用时方恨少的自愧无助。

手忙脚乱去浩瀚的古籍中寻找，相信风雅、志趣的古人，一定有熨帖的表达。在林林总总刻画蓝的诗句中，"挼蓝"这生僻的词，从不曾见过，亦不识读音，却以瞬间的心意相通，认定是前世今生的重逢！

挼蓝（ruó lán），浸揉蓝草作染料。诗词中用以借指湛蓝色。有白居易"直似挼蓝新汁色，与君南宅染罗裙"的唐诗，周邦彦"浅浅挼蓝轻蜡透，过尽冰霜，便与春争秀"的宋词，张养浩"水挼蓝，山横黛，水光山色，掩映书斋"的元曲，无不写尽挼蓝的意韵神态。眼中便充满采天地灵气、吸日月精华的蓝草的朴素优雅，洗俗世尘霾、透大气云彩的蓝光的包容纯粹，万鸟翱翔后的天空、千帆过尽的大海的宁静透明。

挼蓝，这浪漫的、清澈的、深邃的蓝，投射于春寒料峭的心湖，涤洗错失春雪的阴郁。试想，如若没有昨日的寒流骤袭，冷风席卷，雪花飘洒，何以消散遮望眼的浮云尘埃，吹尽始到金的黄沙粗砾？何来这一日之隔的，春雪初霁美景，惊喜交加挼蓝？

所有的存在，都不会白来。哪怕是灾难，带给你痛感，亦会增强你的抗压力、自适力，让你更从容、笃定，行进在未知的路上。如果没有灵性感受力、鉴赏力，哪怕身处世外桃源、人间仙境，亦不识美感，无缘盛筵，惟余苍白随行，无趣作伴。

原来，最美的风景，在风暴之后；最好的修行，在修心之中。

愿你我的人生，都有一片，属于自己的挼蓝。

一场春雨，来自芒果街

下着小雨。

惊蛰后，被惊醒的万物，总是在如此的润如酥中，舒展筋骨。

淅淅沥沥的春雨，浇在心里。有些萌动，被清新的细丝擦亮，又被朦胧的薄烟迷眼，似醒非醒。

窗外的春景，在"和风和雨点苔纹，漠漠残香静里闻"，"桃花净尽菜花开""黄莺裳裳绿叶稠"中变幻铺陈。

如此的季候，被族裔作家桑德拉·希斯内罗丝饱满橙溢的芒果黄牵引，走进芒果街的小屋，重历少女成长的轨迹。

由博尔赫斯《雨》的题记："这蒙住了窗玻璃的细雨／必将在被遗弃的郊外／在某个不复存在的庭院里洗亮／架上的黑葡萄……"引入，游弋于连连牵牵的雨丝。四十四节相对独立的小短章，每一篇，是一滴雨珠的乐章，亦是整帘旋律的和音符号。或轻或重，或忧郁或明艳的细雨点，在作者精准有力的笔触下，一丝一丝，弥漫三月的天空，一霎一霎，散落锈迹斑驳的心扉。那些沉睡的支零破碎的记忆，在乍暖还寒的春风里，一夜吹乡梦，春雨洗前尘。

《芒果街的小屋》，这本关于成长和故乡，关于寻求自我与心灵归宿的小说，在诗意的语言，洗炼的结构，灵动的内涵，张力的意境中，如潇潇春雨，一帘一帘，洗亮你的记忆庭院。那些读过的书，走过的路，遇见的人，齐齐向你涌来；那些前路的彷徨，成长的忧伤，隐秘的体验，生生掀起波澜……

每个人的成长，都会有深深打上个体经历烙印的梦想。一所房子，一所内涵不断变化，承载理想自我、精神追求的房子，是小说中少女主人公的梦想。为了寻得"一所寂静如雪的房子，一个自己归去的空间，洁净如同诗笔未落的纸"般的驻处，作为移民群落的小小少女，生活在族裔传统文化与现实世界的痛苦割裂与抗拒妥协中，无论承受多大的压力、挫折与伤害，都如同她家房子附近那四颗细瘦的小树一般，突破砖石的阻挠，犹如猛兽般顽强生长，不可抵挡。

她要长大，要离开她居住的芒果街，她要逃离那片意味着哀伤和等待的泥泞，哪怕是用最脆弱的笔和诗："我想成为，海里的浪，风中的云。但我还只是小小的我。有一天我要，跳出自己的身躯，我要摇晃天空，像一百把小提琴。"然而，离开，并不意味着摆脱，正如作者在全书结尾一章中所说，"我离开是为了回来。为了那些我留在身后的人。为了那些无法出去的人。"离开，只是为了更好的回来。

就着延绵如烟的春雨，读着芒果街的故事，它在你的眼里，早已超出种族文化冲突的界限。泛化为，关于成长的挣扎、自我的蜕变、远方的呼唤、精神的回归的版本；具象成，你那无厘头的幼年、远山的童年、出逃的青年、觅归的中年的乱码。半生纠缠，雾里看花的虚实、无处可逃的梦魇、漂泊无定的失重。总想寻一隅角落，搁置无处安放的青春，无所皈依的灵魂，无可追忆的前尘。

滚滚红尘，惶惶人心，挟裹着离开的无根，找不到归处的容身。

在这和风晓畅的三月，随风而来的芒果的一缕淡淡幽香，在细雨中飘绕着成长的味道，告诉你：你总会离开，你总要回来。

原来，前半生那急于逃离的成长的大山，却是你后半生兜兜转转的停驻与参禅。你有属于自己的芒果街，你有盛放梦想的小屋。哪怕，它们是如此的粗鄙简陋，却仅仅为你所独有。只是，你尚不自知，总在远方奔忙，寻找。你离开太久，你的庭院杂草荒芜，掩盖了本来面目。你需要还原，精神家园的脉络经纬；你需要扎根，归去来兮的心灵原乡。

一场春雨，漂洋过海来自芒果街，洗亮前尘过往，清朗前路方向。润泽生发，你自己的，故事萌芽。

我的"蓉漂"

寻常的周五。

晚了一小时下班。手里的人物通讯,正写在节骨眼上,无法停下。犹如啃着一块汁浓味厚的肉骨头,谁也不能打断。

到地铁站的路上,怀着侥幸的小心思,以为错过了下班高峰,可以站得充分一些,书能看得舒展一些。谁料,却遇上长龙般的排队。生活,总是这样,有许多意外,不是你能提前预知。

挤在人群中,我背上背着双肩包,左手臂挂着电脑包,右手臂挂着一包在路上买的排骨,于摩肩接踵的罅隙,两手紧抓我的书,看到一段话:"我认识的朋友,只有花姐去过南极、北极。周围也有六十岁的女人,一生在循环相同的频率与时间,时间也在无限的循环她。这种循环是可怕的,是单调、孤独、无聊以及无穷无尽炫耀子孙。抱歉,对这样的女人我不感兴趣。"

彼时,周围的一切,都形同虚设……

正好,地铁进站,面前有人下车,空出一个金贵的座位。我当仁不让地把两只手臂上的包放了过去，人也于水泄不通中挤着坐下来。站了一年的地铁，除给老幼病残孕和负重的人主动让座外，我已不愿，再把有限的空间谦让给坐着玩手机、闭目养神、两眼空洞的人，我更愿自己坐下来，让书有小小的安身之所。

石破天惊处，我迫不及待要把这段话拍下来。无奈身上堆着三个包，无法操作。便请坐旁边看来很和善的男孩帮忙，他欣然帮我按下手机上的照相键，并好奇地问："为啥会照下来呢？是喜欢这段话吗？"

答："嗯，怕把她们忘了！"

就其实，是这跌宕起伏的心情，需要表达。于是发在了微信圈。既不为炫耀，也不为交流，只是自己和自己说话。很多时候，都是如此自言自语。越来越，不在意外界的眼光与评价。于万千人中，有几人，能真正懂你？若懂，无需解释；不懂，无谓解释。

下了地铁，离小区只有一条街，左边是林立的店铺，齐备各种生活用品。右边是小吃摊，飘着各种食物的味道。

我习惯性走进小小的糕点房。已熟稔的服务员小丫头，毫不违和地打招呼，满面春风，介绍店里又来的新品。虽然这是一家开张不久的小店，但她们已知道我的喜好。惯常性买一种品牌的酸奶，换着花样儿挑选糕点。

然后去每晚下班都会去的超市，买莲藕，炖排骨。在这里，随着季节的变换，买过各种各样的时令水果，肉食菜蔬，酸奶果汁。最盼望，下班后还余有鲜虾，买回去给娃熬鲜虾香菇蔬菜粥，或者手工剁鲜虾鸡肉鲜菇丸，这是娃最爱吃的宵夜和早餐。

回小区这一段，不到十分钟的路途，每天于我，不啻于奔腾着千军万马，翻滚着煎炖烹炸。在心里盘算，今晚给娃准备什么宵夜、明早给娃搭配何种早餐，他才会吃得风生水起，幸福满溢。

大包小包，终于回家。基本都是晚上七点之后有时近八点。时间像泥鳅，滑溜溜地不让你掌控。

趁着上卫生间的间隙，内心好一番挣扎：是去跑步，还是继续把工作的人物通讯最后一部分完成，或是把躺在文档已久，开了个头的"蓉漂"系列稿件续写，抑或是奢侈一把，继续沉迷于书的世界不自拔？谁都不想割舍，可谁都顾不上。

没有时间纠结，昏昏沉沉的大脑自动做了选择。匆匆换上运动装备，跳跃着下楼，奔向小区后面的政务中心，每天跑步的好去处。

这里，一圈跑道，环绕着办公大楼。大楼的背后，有很大的水池，自动隔离着路和楼。跑道边上，绿树成荫。一年四季，总是散发着，各种清香。有几片草坪，自顾自地绿着，是孩子和小狗撒欢的乐园。每晚，有男女老少，在此散步、跑步、跳坝坝舞。

我见过，白发如霜的老两口，突露着青筋的手，十指相扣，款款漫步；如胶似漆的小恋人，勾肩搭背，窃窃私语，粘乎走路；一大群夕阳红的闺蜜，或男团或女队，横行在路上，或高谈阔论或唧唧喳喳，旁若无人；一家三口，不紧不慢走着，不温不火聊着，温馨和谐的全家福。也有不少如我，一个人，独自跑在，自己的频率和轨道，沉浸于清寂的世界……人间滋味，红尘烟火，一览无余。

时间已指向八点。不疾不徐地跑着，计算着，五公里跑下来，得八点半之后了。回家给娃炖花生莲藕排骨汤，九点半去学校门口接他放学，时间很是局促。如此思量，心里些许紧张，脚步并未变化。去年跑伤腿，遵照医嘱养了一百天，试着跑了几次，却发现依然未痊愈，只得停止。休息半年后，在好友们有经验、有实践、有前车之鉴的多方关爱告诫下，开始定量慢跑。每天不超过五公里，时速不低于7分钟。身体无法作假，它用严酷的事实教会你，何为欲速而不达，何为坚持到最后才是胜利！

还能跑，非常感恩，知足。身体已经被警告，不能毫无章法地瞎跑，否则，可能永远失去跑步的机会。不过，也并不由此因噎废食。喜爱的事，克服千难万险也要去做。加班时，没有时间跑，就会心生渴望，向往那身轻如燕的姿势。会愈加珍惜，每一个跑步的日子，不曾辜负。

大汗淋漓回家，头发如雨浇过一般。已是八点四十。进屋开上客厅仅有的一台空调，一刻不停到厨房，边在电水壶烧上开水，边洗排骨。洗好后，水也开了，倒进铁锅，边淖排骨的血水，边继续烧开水。水烧开后倒进高压锅，捞起焯水后的排骨放进开水里，迅速洗藕拍藕进锅，再洗花生米入锅，拍一小块生姜加进去，盖上锅盖。

转身冲进卫生间去洗澡，一身臭汗粘在身上，实在受不了。很快听见限压阀转起来，怕火太大把汤炖干，马马虎虎冲掉沐浴露，套上睡衣跑去厨房，把火关到合适的大小。

听着厨房噗嗤噗嗤的气压声，终于可以坐下，喘口气，喝口水，已是九点之后的事了。

坐在宽阔的沙发上，正想这点零星时间，是看会儿书，还是写会儿心情。电话铃突兀想起，有点午夜惊魂的味道。把你，从自己的梦游状态，陡然拉回一个叫"现实"的地方。一看，这已是同一号码的第三通电话，前面的两次，都没听见，也没时间去接。无它，每天程式化的家长里短，报平安。

电话没说完，已到九点二十，急急挂掉，扑进厨房关火，手忙脚乱换衣服、穿鞋，拿钥匙和手机，奔着出门，去接娃。出门有点晚，一路上见着穿校服的娃，会盯了又盯，害怕和自家娃擦肩错过。

跑到校门，通常娃还没出来。平复一下心跳，顺手浏览一下微信，众多的群，海量的信息，渠道不畅，总是卡壳。来不及阅读便删掉，或许会有错过。却并不遗憾，如有事，自然会再联系，何须患得患失？日胜一日，越来越不喜欢电子产品与速食文化，真正有用的东西并不多，却耗费你大量的时间和精力，性价比、效费比太低。无法带给你，纸质书那样的朗阔，清明，审美，与如饥似渴，沉溺痴迷。更是建构不了，你的精神世界。支撑不了，你的油腻中年。

像等待了一个世纪，娃终于出来。犹如久别重逢，挽起他的手，或者是，他挽着我的手。他总是第一时间问，今晚有好吃的没？豪气地答，当然有！他继续追问有什么，我得意如数家珍。心满意足后，娃开始说这一天的学校生活，有学习，有见闻，有事件，有心得，五花八门，天马行空。路上，通常会被电话打断，一成不变的问候。

回家，把准备好的宵夜，包括主餐、水果、饮料端上桌，娃狼吞虎咽，吃得花枝乱颤，山河有声。让你以为，这就是天底下，最可遇不可求的幸福。并让你，乐此不疲。

匆匆收拾杯盘碗盏，娃开始在窄小、漆黑的饭桌上刷题。他从不去书桌，或许是迷恋，这饭桌上，残留的香气？

我在厨房洗碗。清理干净，做好第二天一早的前期准备。

收拾妥当，已近十点半。催着娃赶紧洗澡。他磨磨蹭蹭进了卫生间，我把他换下的脏衣服，迅速丢进洗衣机。洗完澡，戴好角膜塑形镜，送娃上床，已是十一点后。

间或，娃会休息。不刷题，捧着他心爱的课外书，阅读。每每这时，我也可以有空，埋头于自己似乎永远没时间读完的书。这样的时光，静谧，舒展，沉醉，总让人忘掉整个世界，乃至自己。

等娃睡觉后，我真正进入，自己的时空。夜深人静，是最好的写作、阅读时间，无奈太疲乏，翻翻手边的爱书，不知不觉已进入梦乡。

似乎刚睡着，便已天亮。固定的生物钟，通常五点四十，便会自然醒。睁眼看看时间，分秒必争再迷糊一会儿。起床的时间，根据早餐的类别确定。如果是杂酱面，六点十分必须起；如果是虾丸，六点二十；如果是自制三明治，最省事，蒸几片午餐肉就行，通常头晚已准备好，六点半起都来得及。

去厨房，第一时间烧上开水，再开火，削水果。中间见缝插针，把洗衣机里晚上洗好的衣服晾出来。总想让娃多睡一会儿，六点四十才会叫他，间隔三五分钟叫第二次，他就会起床，取眼镜，刷牙，洗脸，换衣服，吃早餐。七点五分后，匆匆忙忙出门。时间再紧张，他也会带一瓶果汁或酸奶，路上喝。

目送娃出门，感觉又一仗打完，通常我会坐一会儿，有时看会儿书，有时啥也不干，只是平息一下太快的心跳。有时实在太累，我会再回床上躺会儿。之后开始洗漱，收拾装扮，出门上班。循环挤高峰的地铁，新的一天，从拥挤的半小时阅读开启。

到单位。挂职，本为见识更广阔的天地，修炼更优化的思维。尤喜有创意或新开拓的领域，会以高昂的热情、专注的精神投入学习，力争做出特色或亮点，增长新的技能与认知。如是常规，便按部就班，顺应时序。坚持多年如一日的原则：做人做事做文，尽心尽力尽职。

这就是我的蓉漂生活本貌，原滋原味。这本散文集《不似天涯，是吾乡》，便是在如此环境完成。

很多人不解，四十几岁的女人，放着稳妥、安适的工作环境不顾，非要出来漂着，究竟图啥？

其实说来也简单，就图个看看更大的天，见见不同的人，让此生不后悔，到死不遗憾。

我相信，这一段艰难困苦、与时间赛跑的"蓉漂"生涯，断不会被时间无限地循环了去。

一花开，春色无边

　　三月，恰好的时节。在垂柳依依吐新绿、桃花夭夭开次第中，我捧着这本《春色无边》的散文集，虔敬地读你。

　　你的新书首发式。得知，这是身为乡村教师的你，三十年痴心不改、醉情诗意梦想的熬炼。无形间，这本封面装帧素朴、内里编排素笺的书，在我的手中，变得沉甸甸起来。

　　一个晨昏颠倒的轮回，一次昼夜蛰伏的交替，我兀自穿行于寂寥的时空，跟随你的笔触，走过你的心路。从开篇的《春色无边》，你连作三首《玉楼春》来描写春光正好的诗情画意，到结尾的《今日立秋》，你直抒胸臆来表达晓畅直白的忧民情怀，我从你的眼中，看到喷涌的激情，蓬勃的生命，哪怕那仅仅是一株小草呢喃的低吟，却尽显独属于你的人生使命。

　　掩卷。默然。

　　满屏春色，黯然失了颜色。

　　从你繁花似锦的文字，流光溢彩的景致，我读出了热闹中的孤独，知足中的苦楚。

一个画面，在我脑海久久盘旋。娇小倩丽的你，骑行一辆雄健矫捷的摩托车，驰骋于一片名为"高何"的山野间。风里雨里，晨露星光，你倔强地跋涉，云山雾罩的人生之旅。你试图从孕育你的那一片荒山野岭、蛮荒小径，生生闯出一条，通向诗和远方的康庄大道。

你在《我的悔过书》中提起，一次赶集，偶遇给予你人生启蒙的小学老师，在一个简陋的小饭馆，你没敢去招呼他，只因为你给不起老师那点可怜的午餐费！你不愿意老师看见他最得意的学生，在已教了好几年书后还衣衫不整的寒酸！不想如此错失，竟成永诀！这成了你心中难以愈合的伤痛。你不惜以悔过书的形式，缓解挥之不去的终生遗憾与良心难安，告慰恩师九泉之下的亡灵。

如此的窘迫与艰困，在你朴实的笔端，时时于不经意间，流露出来。让我看到，一名驮负如山负累的女子，与命运抗争的不屈与屹立。

生活的苦煎，并不曾晦暗你的双眼，遮掩你的心性。你明目善睐，你慧心灵性，一路走来，目力所及的花谢花开，均是风景；复始如常的四季变更，不乏诗意。在你的笔下，路遇的一草一木，都有呼吸；缘聚的一景一物，都是启迪。你以感恩的心怀，温暖的笔触，记录下这一点一滴，一章一回，以此连缀成你山谷有音的铿锵足迹，与难以磨灭的生命印记。

山崖边，一种浑身长满密密麻麻扁平刺的毫不起眼的植物，让你挥毫如此诗意的文字，"它纵情绽放，浓香四溢，开得如喷泉四射，似瀑布飞洒。它尽显风流，占尽春光，仿佛翠绿绸缎上闪烁着的点点银光。而它袭人的芳香，便是缭绕在春气里的甜美的甘醴，是氤氲在夕阳下的金色的酒酿。"并由此生发感叹："每一样不起眼的东西，甚至我们认为一无是处的东西，都不乏自身最美好的一面。"这般的美景描述，深刻感悟，贯穿于你的日常生活，来源于你的山涧行路。你对人生的态度，在这样的文字表达中，处处闪现。

正因为你对生命的如此热爱，让你行走于这方贫瘠的土地，才会有如此富足的情感，来丰沛你的精神世界，让你安然于当下的每一个时刻，悦目于眼前的每一处景致。正如林清玄先生对生命真意的理解：珍惜我们所看到的，珍惜我们所拥有的。在你眼中，清风白云，是如此和畅，松涛月影，是如此旷邈。心中满怀向美向阳的梦想，你便将平淡无奇的日子，过成了日日是好日的诗行。

艰难跋涉于莽莽丛林中的你，将你的灵魂，以文字托举向远方，构筑在离太阳最近的林梢。对于生命的意义，你从自己父辈可观可感的存在，引发触类旁通的开悟，"就像我那一生艰苦朴素、一世鞠躬尽瘁最终命归黄泉的父亲，就像我父亲这样劳动过和劳动着的代代劳动者，他们用自己渺小的血肉之躯，筑成了祖国从一穷二白到繁荣富强、从被人欺凌到扬眉吐气的钢铁长城！他们的生命的意义，在自己生活的改变和祖国突飞猛进的发展中，早已得到了承认和证实！"由此你进一步思索，"生命本身是没有意义的，但当我们探索一生、奋斗一生的时候，便赋予它深刻的意义所在。"

读文至此，高秀群，你这个陌生如斯的名字，却已深深镌刻在我的脑海，从此，难以忘怀。你让我看见，一个生命的顽强解语！哪怕微弱，哪怕力薄，却始终以自己的方式，诠释存在的意义与价值！

你带给我最深的感动，读你，如同读我们自己。

同为大千世界的芸芸众生，我们每个人，都面临一座生命的大山。这里树木参天，这里匍匐藤蔓。这里雷鸣电闪，这里艳阳高悬。这里一线登天，这里迷路盘旋。我们如何能，不迷失于万紫千红的眼花缭乱，不沦陷于风霜雪雨的肆掠摧残，不摇摆于避劳就逸的惶惑慌乱，是亘古不变的考验。不是每个人，都能达到终点，虽然各人的终点远近本就不同。往往走着走着，同伴越来越稀疏，心情越来越孤独，前行越来越寂苦。而你，一名柔弱的乡村教师，却是义无反顾地横穿大山的荒芜、认知的险阻，从林荫蔽日的晦暗，独力走出一片艳阳天。

你是如此平凡，淹没于人海，不过是千人一面。如同你我一般。

你却又是如此非凡，让一张大众的脸，贴上了独具辨识度的标签。活出了你我要想的伟岸。

纵观人类几千年的发展史，不就是这样，一步一步，自大山中走来吗？从远古的茹毛饮血，刀耕火种，到如今的上天入地，摘星奔月，每一步登攀，都是万分的维艰，每一次跨越，都是自我的破茧。其间，不乏各种艰难险阻与生死考验。在这奔腾不息的历史长河，正是有如你一般个体的存在，无论大小强弱、高低贵贱，都矢志不移奔向光明、奔向灿烂，才有了人类文明的这般生生不已，星河璀璨。

禅语有云，"一尘举，大地收；一花开，世界起。"一粒小小的尘埃扬起，便能窥见整个大地的风貌；一朵花的开放中，亦可吐露出整个世界的美丽。

高秀群，你高栖群峰，一枝独秀。一花开，已是春色无边。

你是美人

我的眼前，团花似锦，四季轮换。

在栀子花开，茉莉满枝丫的时节，我沉迷于各色各样的美，难以自拔。

周末。宽窄巷子的午后，燠热。走进见山书局，丝丝凉意透过封面精美的设计，直钻心底。

在林林总总的书籍中，目光被一本名为《美的人》所吸引。明黄的底色上，是满版紫蓝相间的花草树叶，中间簇拥着紫红色的书名。图案的间隙，穿插着"你本来就是美的，你的美还需要成长"的诠释。整个版面明艳而雅致，繁华却不媚俗。

看作者，于我有限的认知，非常陌生，而出版社，是我仰慕的四川文艺出版社。禁不住美的装帧诱惑，与好的文字磁吸，我又一次一贯地以貌购书。

阅读这本书时，气压低沉，气候沉闷。心情并不美丽，亦不安宁。生活中，总会有一些，猝不及防的意外，给你带来，愤懑压抑的考验挑战。让你体验，翻手为云覆手为雨的阴晴摇摆。

那样一些人和事，不仅和美不沾边，甚至是丑陋的、邪恶的。人性，在名利疆场，被极限曝光，正反映照，无处可藏。

挤在起伏不定的地铁上，阅读这样的文字，"你是美人，你原本就是美人，但入世的灰尘将美遮蔽了，你渐渐看上去就没有那么美了。"周遭的一切，包括嘈杂人声、浑浊气息、车厢颠踬，生生被隔离，让你置身于另一个世界，只听见自己的心跳与呼吸，平顺，安稳。

文字，总是有如此的魅力与气场，瞬间将你代入，毫不相干的，别处。

我的眼前，团花似锦，四季轮换。

美这位花仙子，从"的的孤芳冰气魄，疏疏冷蕊雪精神"的寒梅出场，应着四时天序，一一展示梅魂之净、初樱之涩、桃红之夭、白茅之荼、天浆之绐、洁莲之出、合欢之蠲、素槐之魅、隐菊之绝、霜芦之化、芙蓉之品、美仙之莹的十二篇章，一月一花，一花一性，一性一好。

在美人粉墨登场，霓裳羽衣、姿态悠飏中，伴随着飘飘洒洒、漫天飞舞的花瓣雨。我看到，坚守净度和零度的美的精神，像冰梅一样，以一种孤冷的面目，与俗世红尘保持不远不近的距离，进可兼济众生，退可自保修身。她是一切美的出发点，亦是漫漫美途的归宿。"成长，美的灵魂。"

这颗天赋的本来美的种子，在四季不同的自然时序、身处迥异的个体命运中，会途经风霜雪雨、电闪雷鸣，亦能沐浴，春和景明，秋高气爽。无论怎样的境地与遭遇，却是无法改变，这颗种子的本性与类属。虽然成长的不同阶段，需要不同的条件；各自的特质，亦需要不同的方式。但其根本方向，却不能走偏。

发现本来美，探寻成长的适应方向，清理种子上的蛛丝尘网，比毫无头绪的盲目努力更重要。"当你的交往环境中遍布美人的时候，你自己思齐的意志将强大起来，一种高的标准将提升你，匡正你。"

美人的最终炼成，并不容易，必然会经历风雨侵袭、折损和摧败的处境。美的事业，是一场旷日持久的拉锯战。需要循环实践，反复体验，甚至恶与毒来锤炼。美与恶，本是一对相生相克的孪生手足。莲花出淤泥而不染，其种子和根茎，首先得以淤泥为滋养，才能开出洁白无瑕的花朵，而花谢零落，也终成淤泥。染与不染，只隔一线天。

恶的存在，让你憎厌，让你避之不及，但，知恶能行善。只有对恶有了充分了解，甚至深受其害，你才能更好地珍惜善、呵护善，并理性地计量出善恶的得失，美丑的天壤，从而知恶求美，知丑求美！这是一种何等悲壮而不可抵挡的力量！

"只有去掉美丑分别心，我们才能抵达零度和净度的美的精神。那时候，只有美，没有丑；只有完美，没有残缺。"一句话，将我从如梦如电如泡影的幻象中，拉回到眼前，乌央乌央的人群来。无比汗颜，自己的慧根太浅，总是看到美与丑的疆界，并将之对立裂变，让自己本来美的种子，蒙上贪嗔痴怨的积垢，让内在经脉理的参习，杂糅浊愚戾浮的气息。眼之所见，尽是恶丑，行之所至，皆是壁垒。

每个人，天赋秉性有异，美的种子不一，才有了各自，遵从本性、顺应初心的修行。正因为如此的差异，世界才这般丰富多彩。而我们，却总喜欢以自己的标准，去衡量他人，判断是非。对美恶存在的如此分别心，蒙蔽我们与生俱来的慧眼，让我们滞留、徘徊、辗转，纠结在，认知的局限，情绪的纠缠，对错的评判，甚至忘记，自己当初出发的誓言。

"美，是人类多重可能性的边界探索。"需要在内观根性、外求营养中，求同存异，九九归一，融精神物质为一体，是非善恶为一体，真假虚实为一体，如是，你与美，已合二为一。

你是美人，你要找到来时的方向，不断生长，魂归故乡。

一本书，半生路

光阴如奄尘，羁旅似疾风。

各奔西东二十载，终于要久别重逢在，一回回出现在梦里的大学校园。

那些浸泡于岁月的长河，沉寂陈腐的老照片，在同学圈被打捞，晾晒。

于或青春或青涩，或混沌或浑成的各式轮廓中，我终于看到那张似曾相识的脸。片刻的愣神，恍然，这不是我吗？！下一秒疑惑，这真是我吗？

恍若隔世。

蓉漂着，不知自己的那些旧照片，都去了哪里。或许早已蛛网尘封在，记忆的深处，任其飘零失散。

与世界，总有一种疏离感。

"我喜欢，现在的自己。"在寝室群留言。

那场如烟花绚烂而瞬间零落的青春盛宴，我看到的自己，更多是桀鹜，不羁，散漫。一副未经教化，与满世界为敌的晦涩叛逆。

从上大学的第一天起，我的脑海，便只装了一个词："逃离"。高考志愿提前录取一栏被班主任的强迫所为，让我与自己心心念念的政法大学刑侦专业失之交臂。带着对全世界的怨恨，走进这所有过辉煌历史的师范大学。不甘，不安，不忿，充斥着每一根敏感的神经，从未中断，与自己较劲为难。

那些年，一直被一个梦魇所纠缠，总也醒不来。梦里，情景单一，重新参加高考，选择自己喜欢的学校与专业。夜半惊醒，双手在黑暗中无助地抓狂，只能捞起，一抔清冷的月色，与难以言述的苦涩。

如此桥段，多年不变。

一场高考梦，一梦到中年。

直到，这本和娃共同书写的亲子文学成长手记——《你的九岁，我的九岁》出版。一页一页翻看，与娃携手走过的深浅足迹，与咸淡心路，惊觉，满篇充斥的，只有一种味道，曾经学过的专业气息的缭绕！

是那些心理学的知识建构，让我对自己顽愚的病灶，进行自我革新、自我疗伤，不断调校认知航标，涂抹生命的暖色调；是那些教育学的理论支撑，让我把娃当作独立的个体，而非附属的翻版，给予自由的呼吸，恣意的生长；是那些哲学、社会学的智慧开示，让我明了，生而为人的责任与担当，追求与梦想，为着价值与尊严，行进在，寻找自我与初心的路上。

正是这样的一个我，于形体的桎梏与自由的心路之间，找到书写这一方，灵魂安放的殿堂。

在不弃的阅读中书写，在不懈的行走中书写，在不解的躬省中书写。惟愿通过笔端，排除体内淤积的燥气、浊气、戾气，让汩汩生烟的静气、清气、和气，在心底流淌，周身环绕。

兜兜转转，人生过半。曾经被我厌恶嫌弃到极致的四年大学时光，最终,却是华丽转身、破茧挺身,让我学会,对自己温柔以待,与世界和解。

一本书,半生路。

二十年,一转眼。

午后,坐在钢筋混凝土的办公室,阳光透过厚重的青砖灰墙,洒在氤氲、醇酽的茶汤上。与人聊起这一段,有关理想与现实的公案,身与心的熬炼。那些出世与入世的挣扎,来路与归处的拧巴,原是偶然中,蕴藏的必然。人生旅途,必经之路。

回望,惟余感恩,犹如这清亮的茶汤,让唇齿生香,回味悠长。

那个失魂惊心的梦魇,不知何时,已悄悄溜走,消逝无影踪。

所有的遇见,都是恰好的安排。正如,我,遇见你;纸,遇见笔。

岁月不老,时光正好。人生的下半场,刚刚起航。

让我们走过万水千山,归来仍是,白雪少年。

云间的栖居

你栖居的地方,有一个诗意的名字:云间。多么浪漫的巧合!如此的偶然,冥冥中似有定数?!

在一排排尖顶斗拱的异域风情建筑中,老远便被你独特的气质吸引。一整面墙的白色异邦文字,拥你在中央,醒目的方块字,漂亮清凉。

来到你的门前。看见,这排英伦建筑的背后,有一个十字架,高耸入云。似乎听见,云间传来的天籁之音。

透过午后火辣阳光照耀的,镶嵌在褚红墙上或突出或平覆的一面面玻璃,窥见里面的世界,静谧,却漫溢。靠窗的台条,坐满了人,男女老少皆持同一姿势:手捧书,眉轻蹙,一如雕塑。

迫不及待掀开,你防暑隔热的厚重门帘,闯入视线的,是《钟书境界》的封面与推介,亦是你的,心路历程,与精神内核。踯躅于这门槛,已然迷失于你的浩瀚无边。

时空滞止,声色空寂。独自在此,不知沉溺了多久,有些微醺地走进一屏之隔的内里。如果说,书里的广角图片,让我心灵震撼,而眼前这实景，却让我失了言语，失了心魂。我呆立在沉寂的入口，忘了世界，忘了人间，只是傻傻地驻足，任由自己沉沦在这书的汪洋大海，不挣扎，不浮游！

偶尔有人从楼上，从对面，从侧旁的转角走出来，听不见脚步，亦不闻人语，似乎人人都穿了隐形衣。世界处于一片洪荒，无声无息。

我在如此的寂然中，大脑一片混沌，被你的盖地铺天所淹没！

盖地，铺天，完全写实，一点不虚浮。

当我迈上通向内厅的狭长走道，不经意俯首，便不敢再动脚！脚下，全是书！大大小小，精装简册，密密麻麻铺陈在透明的玻璃隔板下！抬头，闯入眼帘的，还是书！左边墙上，一格一格的书柜，镶满墙，摆满了各色书籍；右边，楼梯的下方，因地制宜最大限度定制的隔断，书摆得整齐无罅隙！

淹没于这浩繁的海洋，我只觉呼吸不畅，眼耳鼻舌身意全不够用。恨不能，生出三头六臂，将这些精灵，揽入怀，注入脑，镌入心！

我手忙脚乱，慌不择书，就近浏览，一小格一小格，满满的，全是不曾见识，不曾听说，不曾想象的虚无！正是这些虚无，方能填补灵魂的空白，平衡空洞的失重！在这看不见摸不着、似是而非的虚无维度，尤其让人自心底升腾无力感，被个体的卑微、渺小、轻飘狠狠笼罩！

踉踉跄跄，一路轻抚着你的精致外装、精美思想，我已无余力再翻开，任何一页纸张。只是渴慕地，一一沾染你的墨香。走过这条不算长的通道，似乎历经一个世纪般漫长，我终于来到柜台前。抬头，便惊见铺天的书，置于屋顶，并从三面墙壁倾泻而下，排列有序，行云流畅。

我愣怔在你独一无二的苍穹之下，虔敬仰望，见漫天星光，在深邃无垠的天幕闪耀。我魂魄出窍，迎着灿烂的天际翩然起舞。我振翅冲霄，轻盈如蝶，晶亮似萤！我渴望飞向你，飞向你的光明，你的邈远，你的"高处入云端"！

我梦游般，踏着一层一层书籍，顺着透明的玻璃台阶，一步一步走向楼上。其庄敬渴慕，不啻走向未知的天堂。抑或，以为是走向你安置在高处的灵魂。

这里，景象自是不同。四壁和屋顶布满镜面，层层叠叠的书籍与她们的倒影比肩相连，亦真亦幻，似梦似仙。高立的木栅栏，分割出若干独立，却不隐秘的阅读空间，外围的走廊，不乏清丽雅致的书法美术作品。上楼，不闻丝毫声息，以为人去楼空。曲折回廊，周章转悠，却见座无虚席！一派"不敢高声语，恐惊天上人"的肃穆。

害怕惊扰你煞费苦心经营的高处，幽魂般的我不敢过久飘荡，万般不舍从云端回到地面。不想却误入楼底后面的洞天——儿童乐园，再一次为你的奇妙创意而顶礼膜拜！

这是一处高阔的天地，两层楼的层高，屋顶镶上镜面，让四壁各种昆虫动物造型的书架，无限扩张，延伸至天际。房间异常空旷，墙角地面铺上一层软垫，孩子们可以自由自在地在地上阅读、玩耍。与那些厚重的大部头相比，与那些密布的书卷气相较，这里，尤显温馨、轻柔、和乐。

探源你的足迹，方知，如此的精神气质，是二十余年的厚积与沉淀。你的主人，原本一名教育工作者，以苏霍姆林斯基和陶行知为榜样，立志于农村小学教育改革的热血青年。因为嗜书如命，因为"如果离开了这沸腾的航海事业，帆即使活着，还不只是一块闲置的破布？为大海献身，这是帆的夙愿，也是帆的光荣"的人生理想，你的主人将自己的激情舞台，构筑在民营书店。起起伏伏，风风雨雨二十余载，不忘初心，魂寄高处，方有眼前的气象与光景。

犹如帕斯卡尔所言，"我们的全部尊严就在于思想。正是由于它而不是我们所无法填充的时间和空间，我们才必须使自己变得崇高。"你的主人，便在追求如此的崇高与尊严中，一次次的让你破茧化蝶，自我超越，"声驰海外，名播云间"。

在这诗意流淌之地，只恐胸中无墨，词不达意。

我知道，不管我是否来过，你都在云间：钟书阁。

此时此地，此身意

走进田子坊，是大暑的午后。雨如金。

持续高温的烘烤下，刚洒过一阵星星点点的雨珠。土润溽暑，皲裂的大地，有了这金贵的甘露恩宠，立即滋润起来，鲜亮起来。

顺着屋檐还间或滴着水珠，地上铺有薄薄一层水意的当口，走在这曾经的石库门里弄。门前的小花台，直立的墙壁上，楼上的窗棂中，空中的高架线，满眼全是植物藤蔓，点缀着疏疏落落的小花。生命的蓬勃张力，在翠绿中流转。

喜欢这样的景致。只要有植物生长的地方，无论如何鄙陋挚肘，总能看到生命的机理与希望。

这里传说中的文艺范儿，在雨中，尽情盛放在你的眼眸。一如那妆容精致，身穿旗袍，踩着高跟鞋，摇曳生姿的旧上海女子，款款风情地向你走来。被红尘烟熏火燎变得粗糙的心，瞬间便柔软起来，就像浸在雨中的植物，生生的汪成一潭碧水。

被如此的情绪牵引，一路忙不迭地向前，迷失在纵横交错，细细密密的小通道，没有目的，随性穿梭于青砖红瓦的弄巷中，兜兜转转。

眼花缭乱于街旁林立的各色创意小店，会因为一处装饰细节，一种气质格调，一份创意用心，一株娇俏花草，而驻足，而盘桓，而缭绕。间杂着那些怀旧的老物件老照片，那些异域风情的招牌口感，让你产生穿梭于历史与现实、东方与西方的时空交错。

在曲曲折折的徘徊中，不觉燥热难挡。不知何时，太阳已高悬于空，威力正猛。水汽蒸腾，更加的燠热黏湿。浑身的汗水潮气，让人有些透不过气。狭窄的通道，人群蜂拥，摩肩接踵，喧喧嚣嚣，熙熙攘攘，之前的清心沉静，瞬间成过眼烟云。这最风情的聚居，不过是，最深的红尘。

抚摸石头箍成一圈的门框，乌漆实木的门扇，和那一对"小扣柴扉久不开"的铜环，这面历经风雨沧桑的石库门，在今生过往的烟云际会中，愈发显得厚重，沉凝。

这中西合璧的新型建筑，这独具地域特色的民居住宅，真实地记载了近代那段积贫积弱、挣扎抗争的苦难历史，与保留种族血脉、融汇人类智慧的顽强求生。而今日之重生，亦是延续历史脉系，保存城市记忆，在尊重原貌中整饬创新，在遵循本来中描摹未来。

在理想与现实的混沌中穿越，来到一处门前，裸露的电线管道，斑驳陆离的砖瓦，兀自葱绿飘香的茉莉米兰。红色涂鸦墙前，邂逅了这段文字：

  我，从一些人的世界路过

  你，也曾与我擦肩而过

  其实，世间的所有相遇，不是久别重逢

  而是，此时此地……

世界所有的相遇，是此时此地！那一刻，心底有汩汩清泉喷涌，犹如大旱逢甘露。

　　我们更愿意，把久别重逢，宿命于前世注定，今生缘分。遇之我幸，不遇我命。殊不知，逢与未逢，其实只在你的一念之间。恨不相逢，或许不是真未能逢，只是擦肩而过，你没有慧眼识别，对方的气味，没有气场吸引，对方的目光。而世间的所有相遇，在此时此地，映射的无不是一种水到渠成的自然积淀，一种"怜取眼前人"的珍视感恩，一种自内心寻求的精神气矜。

　　正如这日遇见田子坊，在之前陆续相逢被冠之以"文艺"的诸多地方后，此时此地，此情此景，让我对"文艺范儿"有了新的感应体验。

　　那些看似温情浪漫，总是拨动心弦的物事，背后，往往有不为人知的艰险曲奇、颠沛流离。正因为经受常人不曾有的丰富阅历，在苦痛的熬制、风雨的淘沥中优胜劣汰、存活下来，才有一种自内而外的气度风韵。那所谓的文艺浪漫，原不过是，适合个体的生存方式而已。

　　此时此地，此身意。把遥不可及的远方诗意，变为触手可及的眼前适意。把苟且一地的沉重鸡毛，晾成振翅翩飞的轻柔羽毛。

大暑的麦冬华

　　大暑。走在 37 度的高温下,我一路汗流浃背,一路观花。于异乡的小城,买回一盆素昧平生的麦冬花。

　　这一日。在娃即将长驻月余的饭店,吃完如邻家大妈日常笑颜一般温情、可心的早餐,把娃送去教室,我开始在这陌生的城市脚踏实地的生活。

　　来之前,已多方查询,这里没有任何可引发兴趣的历史古迹、风景名胜、璀璨人文。头晚的精炼开班,也进一步知晓,这是本省经济最落后的地方。

　　不抱丝毫惊喜的期待,我只想,陪娃在这里,没有违和感地暂栖一段,如常生活。

　　雪小禅有言,要真正了解一个地方,融入其中,就应去菜市场走走。

　　出了饭店大门,沿着和气热心的保安告知的路线,顶着暴晒的日头,我边走边打望。水泥路面凹凸不平,路边一排排形形色色的小店,门面低矮、局促,经营的范围五花八门,杂乱无序。

早有心理准备，对眼前这并不吸引眼球的景致，尚能泰然处之。怀揣好奇心，倒也有些眼花缭乱。

不到十分钟，当汗水沿着前胸后背，如同小河般蜿蜒流淌时，我看见路对面，写着有本市名称的花鸟市场。

左顾右盼、瞻前顾后，我小心翼翼横穿在只有斑马线、没有红绿灯的过街路上，不断躲避着电动自行车的满街飞跑。

进得市场大门，是一条径直的街道。路上有团团污渍，如同满脸褶皱上不再消退的老人斑。两边尽是小门面，无论是小饭馆，小杂货行，小糕点屋，小时装店，小缝纫铺，小水果摊，小酒坊……林林总总，无不蒙着一层灰，似有暴风雨来临前的低沉沉的天。与头顶的碧空万里、艳阳高照风马牛不相及。

间隔分布在沿途的几家小糕点铺，经营着大同小异的点心。有躺在记忆深处，一回味便会满口生津的麻饼。最传统的工艺，面上布满白色的芝麻，里面是嚼起来嘎嘣震响的冰糖，香脆浓郁的瓜子、花生，和着猪油的滑腻与饼的酥软，那是小时候最向往的、一生都恋恋不忘的味道。

还有绿豆糕，麻秆糖，猫耳朵，蛋黄圆，脆皮花生酥，纸杯小蛋糕……一干年少时稀罕的甜点，在眼前一一呈现。摆放的姿势和环境，俱是小镇的风貌，有一种，风尘仆仆的味道。

在每个这样的糕点摊，我都踯躅良久，徘徊不前。看着店主，通常一男一女夫妻搭档，年过半百，那染雪的霜鬓、敦厚的眼神，想，是否他们就是，我幼时心里梦里垂涎过的故人，穿越了时光隧道，在他乡的久别重逢？

走过大半条街，逢着一家名为"素遇"的生活馆，从名字到装修，都有现代都市的味道。感觉终于从二十世纪的黑白影像中，穿越到了流光溢彩的新时代，欣喜地推门而入。

店里是相通的两间屋子，左边是女士包、鞋、小饰品，右边是服装。

仔细打量，服装的款式新潮，休闲时尚，质地却是一眼望穿的低劣。倒是挂在墙上、摆在架上的小包，突出地吸引了我的眼球。

乍一看，吓一跳，这些小坤包，都是些奢侈品大牌！走近细瞧，当然全是仿品。仿得以假乱真，水平超高！包括那些铆钉、配件，金光闪闪，要匹配吊牌上不到200大洋的标价，是绰绰有余。有一瞬间，我竟然动了虚荣的凡心，差一点就买了一款。不过只是过眼的杂念。

这应该已是，这座城市，最市井小街上，很有档次的门面。

走回明晃晃的太阳下、灰蒙蒙的路面上，我为自己因身处环境的急遽变化，而自动调节眼界下限的随波逐流，忍俊不禁，莞尔自嘲。

一路闲逛，一路比较，最后停留在一家，整条街唯一有车厘子的水果店。老板娘在忙着削木瓜，切成小块，装在一个大号的快餐盒里。

她手上不停地忙着，嘴里回答我的询价。果然比日常的超市，便宜得太多，几乎只是其零头。担心便宜无好货，我征求她的同意后，挑了一颗成色不太好的品尝，不想又新鲜又脆甜。怀着被馅饼砸中的小心思，我精挑细选了一天的量。

付钱时见到她的快餐盒，灵机一动，告知她自己没有清洗的器皿，让也装一个快餐盒。她头也没抬，说，"这个是付钱的，一元。你的水果少，没必要花钱买快餐盒，浪费！"

我一下愣住。没太适应她的思维。

她说完，从手里正忙乎的活儿中抬起头，四顾，顺手从旁边的货架拿下一个塑料饭盒，递给我，说，"这个大小合适，你拿去用，不用花钱！"

礼貌地道谢后，心里有一些暗流，不动声色的风起云涌。到小城才一天，从方言口音浓重、沟通困难却一路交流得热火朝天的出租车师傅，到有求必应、事无巨细总是第一时间响应的饭店服务员，到街上多次问路、得到耐心细致指点的随机陌生人，再到走过这一条街，每每请教都会得到质朴回应、热情答疑的各家店主，其民风的淳朴，人心的友善，已是历历在目。

一个地方，美与不美，只是相对。只要你持有一份好奇，总有神奇。

走在这阡陌纵横、井巷交错的小街上，我来来回回，兜兜转转，在多次绕圈后，终于从临街的铺面，包围的菜市场，拨开重重迷雾，来到花草的世界。有一种，"穿过红尘来看你"的况味！

这里别有洞天。各种大大小小的植物，都被浇过水，粉嫩嫩、水灵灵的模样，一片盎然的绿，青葱碧眼。花儿自顾自仰着一张可爱的笑脸，散发出阵阵馥郁的清香，让你忘掉，一墙之隔的市井与烟尘。

那株麦冬，便于此途遇见。它在一家临街的店铺，拥挤的门面，和里面的花草一样，不起眼。我走进去，在众多熟悉的植物间隙，一眼便看见了它。因为它开着串串紫色的花！

和善的女老板告知，它是麦冬。第一次知晓，长相朴素、敦实的麦冬，竟然会开花，开出像薰衣草般，梦幻浪漫的花！

无论是其养阴生津、润肺清心的功效，还是其书带草、沿阶草、寸冬的别称，感觉，麦冬就像一个温润、笃厚的男子，是居家实用的那款型。不曾想，其庐山真面目，有兰草的外形，姿态纤柔秀美。宋朝周弼有诗描绘，"麦门冬长柔堪结"（《本草纲目》中将麦冬称为麦门冬）。骨子里也定有无比诗意的情怀，才会渗透出，隐晦、优雅的那一抹紫！

烈日下，我驻足于这家平淡无奇的小花店，沉沦于这一抹摄魂的紫，双腿不听使唤，钉在原处。反反复复问店主，好养吗？可以带着乘飞机吗？其实是在做自我挣扎。

得到不厌其烦的肯定答复，无非是给自己找一个借口。犹疑不定中，我终是，走不出这诗意的诱惑。在火热的大暑，拥有了这株，散发幽幽静气的麦冬花。

爱不释手捧回它，清洗，浇水，摆在房间的窗台。欣赏，拍照。左移右晃。

习惯性搜索，一条信息跳入眼帘：去心麦冬，可免心烦。有心麦冬，可以心入心，清心除烦。可谓，有心有情，无心有爱，正如它的花语：一心向善，不求回报。

我的眼前，浮现众多在小城素遇的陌生人的脸，他们幻化成一株株麦冬花，在我路经的旅途，楚楚生风，清心洗眼，消暑去烦。

一手油烟，一手笔砚

敲下这标题，是周末，在厨房煎炒烹炖的满身油烟中，等火候的间隙。

能嗅到，字里行间的烟熏火燎。

如此急不可耐，记录这一刻的心情，是缘于一本书。

有阳光的下午，专门提前下班，为了取一份快递。踩着满地金黄的银杏叶，去小区物管处，取回网购的这本书。已去晚了好几日，有些按捺不住，更加痛恨邮政快递，做事太不人性化，把定点设在按时上下班的物管，让上班族，根本没有机会取快递。如不提前下班，就需等到周末。那还叫快递吗？怎一个不方便了得！

当场拆开一层一层的包装，一点一点露出，这本2005年出版的，三倍于原书定价的原版书。历经岁月的淘沥，纸张有些泛黄，散发着怀旧的气息。加上封面设计温和的黄色，安稳，静好，正如初冬暖暖的太阳。在这美好的物事前，红尘烟火中的满腔腹怨，瞬间消散。

第一眼，便喜欢上这本书。爱不释手地阅读。

工作日困顿的午后，一切呈恹恹欲睡的情状，却不肯午休。泡上两杯茶，一杯大枣参片黑枸杞，补血补气靓肤；一杯老树普洱，清肠清毒消食。在截然不同的口味、功效中，细细品茗这册，漂洋过海的文字。人生，何尝不是在如此花式的，储蓄积淀与分解消散之间，来回折腾的循环？

坐在处于这个城市闹市中心的办公楼，品着两种滋味的茶汤，沉浸于被时光窖藏的墨香文字，感受着法国东南部阿尔卑斯山一个不知名小村庄的澄静、优美、和悦、浪漫的气息，让我有一刻的恍惚，忘却身处的喧嚣鼎沸，蝇营狗苟。以为自己，也置身于那让心灵和感官变得无比明敏的异域他乡。

这个初冬的午后，虽然没有阳光，却让我，于文字的噬心魅力与时空穿透力中，品评沉寂的曼妙，坐拥世界的美好。

一手油烟中，快速看完旅居法国的中国女子关键于多年前书写的，这本与众不同的《隐居·法国》。那时，出国的风潮，挟裹着一批又一批，渴望见识大世面的国人。繁华的都市，琳琅的物质，叱咤风云的功成名就，吸引着那个时代的青年，背井离乡，漂泊闯荡。

25岁的北大学子关键，便是其中之一。

在华丽浪漫之都巴黎，她历经十年的风风雨雨、沉沉浮浮，穿梭于东西方文化的交汇差异，游离于黑夜白天的朦胧真实，遍尝失败成功的痛苦欢娱、贫困富贵的艰辛浮华，最终，她远离了大都市的熙攘，安家在一个小村落，过着小村老屋的平静而不贫乏的日子。

读完《隐居·法国》，心情，没有想象的淡定、安然，而是处于一种亢奋、激越，大有不吐不快之感。

阅读，虽然少有的快速，却是以断断续续的方式完成。寄居尘世，哪有奢侈的大把时间，让你拿来消耗在如此无用之事上？

地铁上拥挤如潮的人群中，紧缩身体的空间，为书腾挪一丝夹缝，在颠簸晃荡中，阅上几章；周末锅碗瓢盆的交响曲里，见缝插针，等待的零星光阴，抽空读上几行；接听一声紧似一声的电话铃，被告知房价疯长，再不交款，就没有房源后，稳稳神，继续翻一段，搁浅的文字……

正因为如此的阅读方式，看完《隐居》后，却毫无归隐之心，反而汹涌心潮的滚滚波涛。

且不说关键在国内的北大学历，是多少人"求之不得，寤寐思服"的永不可及梦想。单看她隐居的地方，虽然在两百多人的小村庄，原住农民却只有六户，其他都是周边城市上班族，包括医生、律师、心理学家、教师、公务员等。文化活动十分丰富，不仅得益于村里的剧院、电影院、图书馆、画廊等，还有村民们自发组织的娱乐活动。这个小村，既不闭塞，也不愚昧！

再看关键的隐居生活，住在一栋很大很老的房子里，两百年前是农舍，石头墙壁依然坚固。园子里长满了植物，中央是草坪，有杏、桃、樱桃等各种果树，四周种满她喜爱的丁香、茉莉、郁金香、芍药、翠竹、向日葵、鸢尾等植物，角落里劈成"自留地"，散布着西红柿、香菜、细葱、草莓等菜蔬。分明就是一方世外桃源！

她的日程，除给家人做可口的饭菜，和先生聊天，给女儿洗澡、讲故事、看电影和话剧，还要登山、跑步、骑车、滑雪、游泳、打网球、跳健身操、听爵士乐、学西班牙舞，还要长时间地漫步、思考、读书、写作，与自己对话，听旁人的交谈……除此，常常出门旅行，一走，就是两个月。如此丰富充实的生活，在哪里过，都会熠熠生辉！

她出则能在短期内翻译有大量科学术语的科幻剧本，还为作者协调剧本上演的相干事宜；入则能独力组织村里近百人的中国春节晚会，将门票收益全部捐赠给乡村小学。隐居，并不是遗世独立！

能如此自由安排自己的时间、空间、喜好、价值，是多少人一生求之不得的境界？这般生存状态，岂是一个简单的"隐居"能囊括？

她悠然自得的隐居，是建立在十年艰辛打拼的基础上！

如果没有这十年丰厚物资的累积，她何来随性支配的丰裕时间？如果没有这十年精彩纷呈的历练，她何来深入骨髓的人生感悟？如果没有这十年深陷俗世的浮躁，她何来寻找自我的心灵回归？

你都从未出山，谈何归隐？

你都不曾入世，谈何淡出？

你都未弄过潮，谈何被呛？

放下《归隐》，我不敢丝毫懈怠，继续投入我乏善可陈的人生，专情，虔诚，一手油烟，一手笔砚。

花非花，你非你

　　近几年，总被一个梦魇纠缠。

　　梦中，一大群密密麻麻的蝼蚁，被一座通红的、喷溅着噬人火龙的火山追赶着、逼迫着，鸟骇鼠窜，狼奔豕突。

　　一路哀嚎，一路践踏，生命，在巨大的灾难面前，尤显卑微无助，瞬间灰飞烟灭。往往，前一秒还是受害蚁，转眼便成害人虫，踩着数不清的尸体，只为闯出一条生路。

　　窒息着，残喘着，亡命天涯，试图找寻一处有新鲜空气的所在。拼尽全力逃离，以为来到桃花坞。不料却偶遇滔天洪水，场景，与火山喷涌大同小异……

　　被这样的血腥画面抑郁着、惑怖着，唏嘘着，为自己，也为如己般的蝼蚁。久而久之，胸中便积土成冢，渴望写一部小说，直抒胸臆，倾释压力。

　　平素喜欢看些短小哲理的散文，读的小说极少，写的也是些小情小绪的豆腐块小文章，要炮制鸿篇巨帙，自然无从着手。这样的一部小说梦，无异于另一座大山，横亘我的眼前。我不知道自己，是否有做一回愚公的勇气？

参加晏良华的小说《陵江残梦》新书发布，正是我彷徨于这个十字路口之际。

晏良华是谁，我无从知晓，不过一个名字的符号。宇宙浩渺，时空无扰。或许，这个符号，滚落历史的长河，不会溅起一点泡沫，如同彼此熟悉、相轻相贱的你我。

收到他的《陵江残梦》电子书稿时，看内容简介这是一部以党的群众路线教育实践活动为主线的长篇小说，胸口一紧：如此新鲜、瓷实的题材，作者将如何展现？

举着一部小屏幕手机，紧盯着密密麻麻，既无分页，也无分节的，大小如米粒儿般的字幕，无边无际，任凭使出一指禅的深厚功力，也拉不到底，我有一种被黑洞吞噬的无望。越是无望，却越是寻找光亮。看晏良华的文字，我便为如此情绪包围笼罩。

插空挤缝，紧赶慢赶，我也没能在极其有限的时间，以一种自己不熟悉、不习惯的阅读方式，读完这部长篇。带着两手空空的惶恐，参加《西南作家》杂志主办的晏良华的新书研讨发布会。

不曾想，正是因为空，才有了意想不到的收获填充。

分享会在静谧、文气的巴金文学院举行。恰逢冬至，空气中有些许的清冽，正合时节。奢想，如此好的地方，如果再有丝丝缕缕、缥缥缈缈的梅香，岂不更好？这般的小心思，却在室内另一番热气蒸腾的光景中，被涤荡一空。

对于这部出自基层干部之手的，以川北农村生活为背景，刻画基层工作现状，描摹真实政治生态，群塑小人物形象的农村现实题材小说，与会的作家、评论家、文艺家等，给予了与室外冷寂酷寒气候成鲜明对比的，激情四溢的解读与赏析，其中不乏名家大家的点评。如此鞭辟入里、捭阖纵横的解剖，给我这文学的门外汉，上了小说启蒙的第一课。

正如有作家引用巴金"讲真话——把心交给读者"来评价《陵江残梦》写作的真实与接地气，读晏良华的小说，最真切的感受，素材来源于生活的丰满与多彩。哪怕是在我最无感的电子阅读方式中，小说庞大阵容的各色人物，依然粉墨登场，活灵活现从银光闪烁的电子屏向我走来，走入我的内心深处。让我深陷其中，悲喜难抑。尤其是在主人公顾新明的身上，触摸到作者的成长轨迹与心路历程，字里行间，无不见其举手投足，身形神情。二者，虚虚实实，重叠交织于脑海与眼前。甚至时时错觉，栩栩如生、活跃于笔端的，就是作者自己。

写作，本是写自己，写真心，述真情，修真行。作者胸中的块垒，需要通过笔触来消解，不吐不快。在此过程中，你有多敞开自己，就能与外界建立多深的联结；你有多虔敬的态度，就能把读者引到多投入的境地；你的修行到第几阶，就能把作者带入第几层世界！

小说，真是写自己吗？如果只是写真实的自己，写自己的所见所闻、所思所感，一个人，撒在历史的长河，无论是生命的广度，还是认知的深度，都是那么的沧海一粟、太仓稊米。又当如何，实现人性的关照，与时代的担当？这是参加本次研讨会之前，苦苦困扰我的问题。也是我，不知当如何将我眼前现实的世态百相，组织成一篇高于生活的小说的根源。

会上，有作家专门解读了这个我最关心，也是最关乎小说命运归宿的话题。其赏析通过引用莫言的经典："我们要用我们的文学作品告诉那些暴发户们、投机者们、掠夺者们、骗子们、小丑们、贪官们、污吏们，大家都在一条船上，如果船沉了，无论你身穿名牌、遍体珠宝，还是衣衫褴褛不名一文，结局都是一样的"，来充分肯定作者在《陵江残梦》中对社会问题的思考，对民生问题的忧虑，以及由此端呈的，责无旁贷的社会良知、舍我其谁的社会责任，一颗赤诚之心，满腔挚意之情。

听到如此言简意赅、一语中的的启示，恍惚间，有一股来自天际的热流，从头顶缓缓注入，我的脑海，自动跳出一队精灵，在云雾缭绕间起舞。我不由自主伸出手，左晃右摇，试图捉住，这群美丽的天仙。可眼前的朦胧，迷糊了视线。

混沌疑惑中，突然想起贾平凹先生在《朗读者》中谈到的一段话："你生在哪儿就决定了你，故乡就是你的血地，出血、流血的地方。我一旦离开了老家，到西安、到北京、到上海，回头看我的老家，它感觉就不一样了。站在老家这个地方，看全中国，又是看到另外一种景象。两种距离不停地参照着，你才能认识这个社会吧。"陡然，我看见翩跹仙子幻变成一行清晰的大字——花非花，你非你，高挂云间。

你写的是自己，却又不仅仅是你！

出生地，能为你提供原生的血脉，滋养你丰沛的灵魂，让你的作品真切灵动，充满生命力与感染力。但，你需要与你所熟悉的生活保持一段的距离，或者说是站在更广阔延展的时空，来审视你的经历、你的感知，方能看见如你一般的群体，命运的共性，与普适的人性。

你必须离开，才能更好地回来！

晏良华，正因为这样的书写，既根植于生他养他的故乡，客观真实地描绘自己生活的原生态，同时又以一颗慈悲之心，深深体会民生共有的疾苦，探寻疗救的出路，让《陵江残梦》成为十八大以来第一部反映群众路线教育实践的长篇小说，也让自己的名字，不再是一个符号的表象，而成为历史长河中，一朵不可或缺的绚丽浪花！

在晏良华的《陵江残梦》中，我依稀看见，我酝酿已久、差点胎死腹中的，小说的出口。

原来你，也在这里

到黄姚，正值雨水。

东风解冻，散而为雨。春雨至，万物生。

这一日，在一场鹅毛细雨中，漫步在黄姚的青石小巷。虽然各地游客蜂拥而至，人头攒动，水泄不通，却因为这场，不期而至的小雨，洗亮了眼，涤去满身风尘疲惫，而恬静安适，闲情逸致。

不紧不慢，在人缝中溜达。于转角处，于倾泻而下，于满面撞怀，各种各样叫得上名叫不上名的植物，扑怀入眼。在晶莹的雨珠润泽下，愈加的葱茏碧眼，像刚刚睡醒的娃娃，拔节蹿个，鲜亮喜人。

那一缸嫩绿的春，便在途中遇见。

雨丝连连牵牵，缠缠绵绵。途经一农家客栈，被小院一隅牵扯了视线。一抔绿，在那里精灵撒欢儿，似乎整个春，都于此生长！

走进细细打量，这不过是普普通通的小菜苗。小院主人将一把不起眼的菜籽，随手洒在原木栅栏边上，一个黝黑的废弃的土瓦缸，寒风料峭中，或许早已忘记它们的存在。

一夜春风，几帘春雨，它们破土而出，争先恐后冒出芽头，一心向阳！小伙伴们你不让我、我不让你，挨挨挤挤往外蹿。你追我赶，很快，便溢满这一缸新绿！让偶然途经的我，以为，遇见了整个春天！

或许，笼罩寒霜萧瑟的沉闷太久，一季冬为低气压所窒息龟缩。偶见这缸生命力勃发的家常菜苗，便有如此他乡遇故知的亲切，心底由衷叹息：原来你，也在这里！

原来你，也在这里，实是人生旅途可遇不可求的一种好滋味。如同这篷油绿的菜苗，在滚沸的汤面漂上一丛，在蒜香的油锅呛上一碟，那些寻常烟火、庸碌红尘中的日子，便清香起来，灵动开来；那些风雨围堵、荆棘密布的路，便通达起来，豁然开来！

遇见黄姚，滋润生长万物的春雨，亦在，犹逢故人、心意相随的情绪中浸泡。

"桂花经雨香犹在，芳草留人意自闲。"遇园那历经岁月侵蚀的黑瓦青砖，圆拱门两侧，褐色的木纹上，刻着这幅绿色行草的对联。其意境，让人生生驻足。

小园在远离古镇喧嚣的外围，一梯不起眼的台阶旁，边上有菜蔬庄稼。如果专注俯首脚下，瞬间便会错过。就在一抬眼的工夫，它便闯入视线。这幅对联，亦在心里生了根。

立在门外，看见，正对拱门，有一株三层楼高的桂花树，与园子里的小楼比肩。抬脚欲进，转念，退了出来。遇园，随缘遇见，这本色的小小园子，满庭春色，引人停驻。虽不是桂花飘香的时节，亦似有丝丝缕缕的甜香，在雨幕中飘摇。恣意舒展的芳草，不矫不揉，惟循岁序，自在生长，毫不在意行人的目光。不加雕饰的门楣，信手拈来的门联，早已乍泄小园骨子里的春光，与气度里的风雅，何需再探究里？！

每每遇见，这些委身于尘埃，却出离尘世的灵魂，总有被洗脑洗心的清明。似有一束光，穿越前世今生之遥，将眼前的混沌，照亮！亦如照见另一个世界的，未知的自己，长成了现世心心念念的，模样！

原来你，也在这里，黄姚，遇见久别重逢的生机，千回百转的禅意，亦遇见，最真实的自己。

把自己，安放在，这一方，璞真纯然的秀水青山间。呼吸着清洌湿润的空气，碧绿着和风细雨的朝气，合拍着天健地坤的节气。与天地相通，与圣贤相随，心中的淤积，无形消解在，润物无声的春天里。

春天里，遇见黄姚，我聆听，自然天籁之音。

人乃万物之灵，秉承天地之气，自有生长的客观规律与递进时序。倘若上一阶段缺位或不足，难免影响后续的发展与健全。根基不牢，地动山摇。人生某一环节欠下的债，迟早有一天，会偿还，并加倍付息！尤其是成长的关键期，如果不曾明白其科学涵义与基本原理，或许，终会困扰一生。直至，蔓延于，祸患下一代的养育。

正本清源，本立道生，需要返躬内省的清零，刮骨疗伤的重生。这一切，一处归结：对自我的否定与革新！天底下，最难战胜的，不是别人，而是自己认知局限的执念。当你在绝境中苦苦挣扎，望眼欲穿神兵天降的危机解困，殊不知，一次从内而外的破茧，便能演绎，完美的自我救赎，与化蝶的华丽变身。

总是在路上，遇见，各种各样的惊喜。一草一木，一砖一瓦，一溪一云，自有其呼吸与魂灵。与其心意相通，形神交汇，便能获得，一点一滴的开悟。正是这一次又一次的不期而遇，见识到那么多，天地间美好的物华、人世间高雅的灵魂，被映照与牵引，逐渐认清，真实的自己。一步一步，开阔与提升，不断遇见，更好的自己！

新生的喜悦，醒在异乡无眠的夜。幽暗的夜色，唯余一声婉转的叹息：原来你，也在这里！

不似天涯，是吾乡

　　天之涯，海之角。

　　海口市，瞻仰过"何人可配眉山，此地能开眼界"的苏公祠，驱车前往儋州市中和镇的东坡书院。

　　书院坐落在一方水岸。远望掩映在笔挺直立的椰树间。透过白色的平围墙，可见里面的青檐黛瓦，清逸自然，旷远澹然，一如东坡的词。

　　售票处，立着背诵苏氏诗词换门票的告示，吸引了一群大大小小的游客。对这曾经的蛮荒之地，陡添敬意与适意。

　　娃跃跃欲试，想吟回一本东坡词选。十首，即可。经过临时仓促的准备，信心满满上阵，一路磕磕绊绊，终于凑够九首，最后一首，怎么也想不起来。终至败下阵来，只赢得一张门票。娃甚是懊恼，连听讲解的心思都没了，沉浸在挫败的情绪之中。在文绝千古、自成江海的东坡先生面前，自负的娃终是体会到自己世界的狭小，与天涯的邈远，抒写《我欠东坡一首词》的波澜。

　　此次天涯海角之行，实则带着预设。很想知道，时值62岁，在生离犹死别的年代，被贬斥流放至孤悬海外、距离朝廷最远的瘴疠之地，"食无肉，病无药，居无室，出无友，冬无炭，夏无寒泉"，在不到三年间（公元1097年7月至1100年6月），怎地就成了东坡先生笔下"我本儋耳人""海南万里真吾乡"的美好？！

怀着太笃实的热切，与太宏大的希翼，进得书院，发现这里却是如此平淡无奇。一座农家小院，几间亭阁瓦屋，椰棕古榕，处处透出平易，随和，亲切。一池睡莲，不妖不艳；导游只花半小时便讲完的几处景点，亦无奇绝新意。

试图着力太猛，却未找着依托。怀着空荡荡的寥落，在蓝天白云映照下的小院游荡。那尊历经岁月风霜的石牛，便在不起眼的转角闯入眼帘。

准确地说，吸引散漫神思的，是石牛背后简易的照壁，上书东坡先生的《减字木兰花·立春》词：

> 春牛春杖。无限春风来海上。便与春工。染得桃红似肉红。春幡春胜。一阵春风吹酒醒。不似天涯。卷起杨花似雪花。

这首从不曾见过的东坡词，便以如此欢快的笔触，亲切的描述，让绚丽的春光，跃然纸上，印染心扉。或许是正值早春时节，易触发联想，或许是笔力太雄健，抒发太生动，眼前一片春景烂漫，春忙繁盛，春趣盎然。哪有一点蛮瘴僻远荒凉，飘零流落悲感？

这是中国词史上第一首对海南之春的热情赞歌。东坡先生以与众不同的视野，随遇而安的旷达，境界壮阔的气度，端呈出大自然的生机勃发，与对第二故乡的真情实感。

不排斥、不敌视，对异地风物的习而安之，让他与漂泊的异乡毫无违和。一如后人为纪念他而修建的这座书院，不用仰视，不会疏离，不显差异，血脉相连，根续千年。

在这首新奇春词的牵引下，我们来到曲径通幽处，走入绿荫掩映的陈列馆，《画说苏东坡》的长廊，便于不经意间遇见。图文并茂的画板，旷逸清绝，浓缩了他一生的足迹政绩文集。

在这里了解到，谪居琼州三年，他凿东坡井，改变饮水习惯；种东坡豆，研制解毒药物；说家乡话，奠定语言基础；作《和劝农》诗，易俗劳动习惯；建载酒堂，讲学文化曙光……他带给这"蛮荒瘴炎之地"载入史册的改变，使之走上"遥从海外数中原"的新时代！

如此的移风易俗，启蒙教化，当是他传奇人生中最厚重的辉煌！一如今时今日书院外的诗词背诵，这传承于千年的记忆，烙刻的不仅仅是精美的词句，更是融于血脉的素养传递。

在这相去京城几千里，"鸟飞犹用半年程"的地处边陲、闭塞落后的蛮荒，他以乐观真诚的生活态度、永不放弃的自我追求、胸怀大众的悲悯情怀、崇高善良的人格魅力，不怨艾、不自弃，把零落的天涯，变为安心的故乡。

起起伏伏的心绪，曲曲折折的探寻，终发现，这座朴实的书院里，安放着他，不仅独善其身，亦兼济苍生的家国情怀。由此也才足以安放，他流落异乡的浮萍飘零。

不似天涯，是吾乡。

分享，汇聚能量

清晨，匆匆奔赴在回程的动车上。我的脑海，依然被前一日分享会的各种画面所充塞。半日积聚的众多信息与能量，让我应接不暇，急于消化。

正如南充这座被称为"果城"的故乡，如今日新月异的变化，带给我的新奇冲击一般。

4月5日，我和娃合著散文集《你的九岁，我的九岁——亲子文学成长手记》分享会在北湖书店举行。究其实，是这本书的首发式，亦是人生的第一场分享会。

会场设在书店的后院，是一处半露天的所在。前半部搭建一块玻璃屋顶，后方撑起两顶遮阳伞。围篱半墙高的木栅栏，栏内的粗枝大树与栏外的绿树成荫，让这处于城市中心的喧嚣之地，有了一方，天然淳朴的静谧时光。

一眼，便喜欢上这里。这场姗姗来迟的新书首发式，似乎，冥冥之中，就为遇见如此契合的场地。

现场只能容纳不到五十人。之前看照片时，和书店老板沟通，地方会不会太小。他说，书店刚开张半年多，读书会处于摸索阶段，希望能做成精品，不过分追求规模。认同他的观点。

就是在这有限的空间，短短一个半小时的分享，却让我感受到一种：排场。

来的人正好，坐满现场。少一些、或多一些，要不清冷、要不熙攘，都不会如此恰当。正如人到中年的心态，平和，适度。气氛刚刚好，有着静水流深、波澜不惊的圆场。

来宾中，有一位小巧玲珑的年轻女孩，书店经理介绍说她是国家二级心理咨询师，让我眼前一亮。不曾想，在这民风彪悍粗犷的家乡小城，居然已有，心理咨询，这在全国都还处于起步阶段的，稀缺的新兴行业。

遇见同类的一见如故，让彼此之间的短暂交流，畅达愉悦。也让我，兴致高昂地，在分享的过程中，即兴发挥了个人认为对成长非常重要、影响深远的，有关"安全基地"的心理学知识。因为她的出现，让这场有关亲子共同成长的话题分享，陡然间有了高大上的专业气场。

到场的嘉宾，绝大多数是男性，点缀其间的女性，寥寥可数。这是《你的九岁，我的九岁》这本探索家庭教育模式的亲子读物出版一年多来，首次遇见的现象。整场分享，至始至终，全场的目光集中聚焦，不游离，不漂移。

之前，网上网下，省内省外，对这本书感兴趣，主动来和我交流的，基本是清一色的孩子妈妈，极少孩子爸爸。让我时时感叹，丧偶式育儿的缺陷与无奈。这一次，场面却是如此雄奇壮观，若干七尺男儿，来听有关孩子成长那些琐碎细致的故事分享，屏息静气，神色专注。

下来，不少爸爸意犹未尽，继续交流。一年轻有为、事业有成的爸爸热切地说，家庭教育太重要了，父母对孩子的有效陪伴，对孩子的帮助无可比拟。并很有共鸣地从自家育儿的经验谈起，希望能把恰当的教育观念进行广泛传播，他决定把《你的九岁，我的九岁》陈列在自己管理的酒店，让入住的客人，能有机会接触到家庭教育的书籍，引发思考，共同探讨。来宾的层次高端与成功经验，让现场碰撞的火花，延展了读书的磁场。

专门邀请的点评嘉宾，西华师范大学文学院的邱永旭教授，对本次读书分享以及这本亲子读物的点评，可谓一语定位。

他说，北湖书店虽然开业不久，却已开展过数场读书会、摄影展等，聚集了一大批学者专家、文人雅士，当之无愧于这座城市的文脉之所在。《你的九岁，我的九岁》，是通过文学方式来建构亲子关系的一种尝试与探索，其中体现了卢梭的归于自然、情感滋养的教育主张。作者通过读万卷书、行万里路来身体力行如此的主张，并以文学的形式进行记录、提炼、传播，这本身就是一件很有创意，了不起的事情。

邱教授的精要点评，让我豁然开朗，难怪第一眼就喜欢上这家未曾谋面的书店，原来有如此的根脉底蕴。他对这本书的解析，第一次让我，从学术的角度，来审视，现象存在背后的必然本质。他的点石成金，开启了一方，人生修炼的新道场。

正是有了这样的圆场、气场、磁场与道场，让个人的第一场读书分享，在这紧凑、有序的时空，展示出一种，恰如其分的排场。也正是如此的排场，产生各方思想新的碰撞，相互促进，共同生长。

分享，汇聚能量。

美之所向，爱之暖阳

周日。午间。

坐在一钵牛肉汤锅前，等上课的娃赶来午餐。

透过咕嘟翻腾汤锅氤氲的雾气，我手难释卷的，是已阅读了一上午的摄影书籍——《向美而生》。灵动通透的文字，无染无着的画面，如一层轻盈的蝉纱，滤过周边躁动的音符与迸溅的飞沫，让我的心，被一层温柔的美好所倾覆。服务员的微笑，显得格外亲切，如春风拂面；墙面粗陋的装饰，变得空前喜庆，如冬日暖阳。

我试图，看清这束美之光来时的方向，却如雾里寻花，难以真切捕捉到。犹如我的人生，总是一团混沌。

书的作者李菁，是我的网络摄影梦想课堂老师，尚未而立之年，却让人到中年的我，从内心深处尊崇她，仰慕她。上她的摄影课，在她美妙如弦乐般动听的声音中，在那美好如仙境般飘然的享受中，收获的，不仅仅是摄影的理论与技能，更多的，是一种人生态度，积极向阳、唯美惊艳的梦想。

人前人后，我难以掩饰，对李菁老师的喜爱，以及对她摄影作品的垂涎。在她有形无形的熏陶下，天然缺乏美感的我，开始察觉，美学对生命的不可或缺。并开始尝试，阅读美学书籍，不愿继续让仅有一次的生命，因缺乏美的滋养而苍白单薄。也热切渴望，自己能定格为老师镜头下那一道，独一无二的美好。

对着老师那些美轮美奂、气质璀然的摄影作品，我常常会想，是什么，让她把美变得如此勾魂摄魄，意蕴深长？

读完老师这本《向美而生》的摄影作品集，透过她镜头下那一帧帧跳跃的画面，由点及线，我恍惚看见，笼罩在老师身上那万道美丽的金光，来时的方向。

老师的镜头下，有一组红配绿的美图，成为我脑海，挥之不去的经典。当初认识老师，正是源于这一组照片，在写作培训群里，无意间遇见，再也不能忘眼，便沿着这样的视线，寻见老师的踪迹。

照片是老师的父母，一对生活于小镇的中年夫妇。一人着红，一人穿绿。无论是衣着，还是相貌，并不见奇异。却有一种磁石般的魅力，胶着了我的注意力。细细品味，有一种稀缺的物质，在俩人所处的空间流转。那种渐行渐无踪的名为"爱情"的东西，在他们的身上，并不曾随岁月而老去，历久弥坚，醇香馥郁。

他们以爱的传奇，给了宝贝的独生女儿最丰厚的滋养。让李菁老师这样年纪轻轻的女孩儿，便拥有汩汩不竭的能源场，展现给世界一场，温暖而美丽的生长。

正如老师在书中所写，"一个生命拥有充满热爱的灵魂，她的内在必定具备着热爱的品质。我热爱，我的身体存在爱。"生长在爱的充足阳光里，赋予她对生命的热爱与珍视，也才会有她对美的独到理解与认知。

家庭爱的丰腴，奠定了李菁美的基调。

从这本摄影集，我看见，在老师的生命里，游弋着一个，魅惑的魂灵。时而惊艳，时而素颜，间或清冷，间或高温，一人千面。

她是李菁的人生导师，雪小禅。这位只喜张爱玲的女子，将自己活成了一道，兀自命名的生活美学。

自青春年少，李菁便追随她的足迹，不远万水千山，感染她的气息。十年如一日，从素昧平生，走成血肉相连的亲人。作为著名作家、生活美学家，雪小禅对李菁，有再造之恩。她对生命的着色与书写，通过一段不解的师徒之缘，为年轻的李菁，铺垫朗阔的人生格局与底色。

她告诉李菁，"无论拍谁，都要成为他（她）一生中最好的照片。"她自己，也是出现在李菁镜头下最多的人。她以雌雄同体、热烈静气的不可方物之美，潜移默化形成李菁对美的感悟与追寻。李菁也以活成更美的自己，来演绎绿叶对根的深情。

恩师爱的铸造，确立了李菁美的航标。

《向美而生》中有一张合成照片，被处理成黑白色，很有一种年代感，给我印象深刻。左边是一条路，延伸向远方；右边是一本书，卢梭的《一个孤独漫步者的遐想》。

这张被命名为《书与路》的照片，是老师行至郎木寺阅读的一个瞬间。有一段文字诠释，"在旅行中阅读，我们一边用脚丈量大地，一边在书中行走。你以为自己孑然一身，实则有智者相随。"这个画面，浓缩了李菁老师近三十年的生命状态。

从小喜爱阅读，无论身处顺境抑或逆境，她的灵魂，总是与文字为伴。她读书，购书，写书，已有藏书两万册，自己写作出版书籍四部。是阅读，让她对话同频的灵魂，找到真实的自我，获得共鸣的鼓舞，开阔视野的极目，坚定前行的脚步。

同样，学习摄影，她也没少读，古今中外名家大家的相关经典摄影书。正因为有如此厚重的积淀，刻苦的修炼，让她的摄影作品，散发出"腹有诗书气自华"的美丽与诗意。

就像书中所述,"若铅华尽逝之时,陪在我身边的依然会是挚爱的书。这是我一生的力量之源。"

书籍爱的滋养,鲜活了李菁美的源泉。

正是如此充盈的亲子之爱、师生之爱、阅读之爱,形成李菁老师生命中,最重要的美的底色,方有她镜头之下,人物肖像的出尘,自然山水的灵性,世间情谊的隽永。

她的摄影,让我看见的,不仅仅是技巧的纯熟,构图的精致,更是对生命的修行。她说,"书名中的'美',不光是我看到的美,更多的是一种内心感受,我始终想表达对万事万物的善念、乐观向阳的生活态度和对世界的满怀爱意。"

美之所向,爱之暖阳。

美之来处,爱之归宿。

向美而生,李菁老师,让我看见美来时的方向,在那爱生长的地方。

等待一本书的火

"火，火，火，一定大火！"当我们并不年轻的面孔，如顽童般的纯真笑颜，定格在小巷中夕阳下刚刚好的光线，这一瞬间，让奔走于尘世中无比疲累的心，霎时柔软。

从未如此期待，一本书的出版。

初夏，连续几日潮湿的雨天后，一个有阳光的下午，按照张季次先生信息提供的详细路线，来到位于锦官驿站的成都掌柜时，眼前的景，似曾相似。青砖黑瓦，雕花木门，青石板路，处处透出历史的沉积，与文艺的气息。正如一个人，骨子里的内涵，总会掩饰不住地，于举手投足间，漫溢出来。

上楼，靠窗的一隅开放式包间，一群人正谈笑风生，隔着几米远，就能听见空气中哔啵燃烧的声音。一层轻曼的窗纱，隔离于尘嚣与天籁之间。

师父曾令琪先生招呼我落座，一如既往地和畅。并介绍在座的音乐家陈川先生及夫人，与之曾有过一面之缘，相互不觉陌生。正忙着与笔记本电脑前一陌生人交谈的张季次先生，插空抬头招呼我自用水果茶点，惯常地热情周到，犹如春风拂面。

坐下来，斟上一杯绿茶，嗑上几粒瓜子花生，吃上三五片西瓜，颠沛流离的心，自动沉静下来。一抬头，看见桌子中央插在清水里的的几支橘粉的玫瑰花，自持地绽放着娇艳与芬芳，似乎，吐纳着天地间所有的精华。

透过花瓣，我看见，一群人专注的脸。情不自禁，用手机记录下这动人的画面。

听令琪先生说起，大家正共同忙碌于一本书的出版。难怪，老远便能嗅到，空气中流动着一种，名为"激情"亦或"梦想"的味道。

因为这样的话题，气氛更加热烈。通过大家的介绍，很快了解到，这本《季风乐语话陈川》的书，不是普通的读物。是评论家季次先生，三十年持续追踪音乐大师陈川先生的创作之路，将其对民族音乐的巨大贡献，别具只眼地提炼为"陈川走势"，并赋予其宣言、标志、内涵、精神的诠释。

作为一个连五线谱都认不全的乐盲，我却对这本纯粹的乐评书，产生极大的好奇。

不由会想：是一份怎样的高山流水、惺惺相惜的缘分，才会让一个人，对另一个人，三十年如一日，不离不弃，追随足迹？是一份怎样力排众议、敢做自己的勇气，才会让一个人，对另一个人，坚如磐石地支持，给出"允公允正，戒谀戒欺"（令琪先生语）的评论？是一份怎样胸怀天下、舍我其谁的志趣，才会让一个人，对另一个人，独辟蹊径、推陈出新的艰辛探索，进行机理的提炼，路标的高悬？

令琪先生当场发给我一张图片，是书的封面。纯黑色的底上，有一张季次先生的照片，其笑容纤尘不染，力透纸背，让人恍然洞见，书中蕴藏的美好与热爱。

这帧非常有感染力的设计，出自正埋首于电脑前的卢朝金先生之手。他是陈川先生的学生，专业制作人。此时，他和季次先生，正专心致志于书稿的整理与核对，排版的沟通与讨论。

期间，请求添加了陈川先生的微信，他的头像，有一种风华绝代的气度，让我甚觉惊艳。现年已73岁的陈先生说，这张头像，是他年轻时的照片。与眼前的真人一比照，发现，二十年前后的先生，除却头发黑白有差异，其它无异。修炼到极致的煦暖，通透，涵养，在他年轻的眉宇间，已然呈现！难怪，在音乐的路上，他能有如此的大觉悟，与大成就！

中途来了陈川先生培养的一位学生，民歌歌手张黎玲。还有一位作家彭卫锋。无论先来后到，加入聊起这本书，大家都兴致颇高，茶话轻松，亲融。

等书稿工作告一段落，幽默风趣的季次先生加入聊天，桌上的氛围愈加活色生香。听他绘声绘色地讲起，这本书出版的点点滴滴，方知，令琪先生已为其作序，并分别填词《临江仙》赠陈川先生与季次先生。还写下"共知心似水，安见我非鱼"的书法，赠与季次先生。

聚会的气氛被推向高潮，在大家一致的请求下，令琪先生现场朗诵书序及词赋，其文意、其声线，流露出由衷的真情，让人为之深深动容。

能写出如此打动人心的书序，我想，关键在于，令琪先生真正懂得陈川先生、季次先生。正因为这份来自灵魂深处的共鸣，让他们，在文艺的天地，相知相惜，相得益彰。

被尘封的生命的能量，化为股股暖流，在心底哗哗流淌。那一刻，恨不能变身为音乐家、文学家、书法家，结缘这超凡脱俗的高贵友谊，通融这润物无声的天地灵气！

太阳的余晖，给万物镶上一道金边，有一种梦幻的美丽。渴望留住，这一刻的闪闪光亮。我在一株火红的花树下，满怀虔敬与赤诚，许下，"等待一本书的火"的期冀与祝语。

第三辑　行素文，守初心

或许，把初心，做语言的安放，更能坚守不忘。

恰逢夏至

夏至，一年中最光明灿烂的一天。

这一天，我看到金光闪耀。

路上，有人打电话说，去的地方很威严，近不到门前。

对自如进出于此的人，油然而生敬意。

见面会。一小时结束。十三人发言和讲话。少有的高效。

主持人开场白中一句"恰逢其时"，点到头天下午新鲜出炉的最高精神，对接国家战略，让时代的浪潮滚滚而来。置身其中，倍感自豪，一如这一天的灿烂阳光。

难怪，闲杂人等近不到跟前。这方平台，自有她神圣的使命与职业的体面。

会上，一半的女性。找到同伴的欣悦。时尚不失端庄的着装，温婉而内敛的发言，临场组织与书面讲稿的水乳交融，见识见智见风采。一面面旗帜，在眼前招展，牵手未来。

天地洞开，看到金光，在前方闪耀。

总结讲话，伊将"恰逢其时"引向高处。从夏至的自然时令，到战略的宏伟蓝图；从盛世的大好时机，到"不负年华，不负情怀"的美好寄语；从"两弹精神"的弘扬传承，到"军民一条心、央地一家亲"的融合创新，通篇洋溢着才情、激情与共情。精炼，精要。

来自不同的岗，去向各自的梦想，一次受教，衍射四方。

恰逢其时，方遇幸事。思绪，延长伸展。

去这里，是偶然。亦是心愿。

偶然的遇见，是碰巧的机缘。不变的心愿，是向往太阳的必然。

有幸来人间一趟，看这春夏秋冬，荣枯轮回；阴晴圆缺，潮涨潮落。悲欢离合中，岁月如梭。站在不惑的门槛，转头回首，庸常路径，乏善可陈。踮脚翘首，无望可期，一眼穿底。生生困惑，当肉体消散，这一生，是否了无痕迹？！

惶惶惑惑中，渴望生命，来一场，夏花般的绚烂。照亮，独行路的孤寒；温暖，黎明前的黑暗；柔和，痛苦中的磨砺；留下，不泯灭的信念。

人生的剧本，不仅有旁观者，还有主角。如此构成的大千世界，才能完整体会，命运的滋味。才能无怨无悔，生命的珍贵。

个体存在的价值体现，离不开时代主流的淘沥成全。滚滚红尘，挟裹世相百态，汤汤历史，镜鉴人心真伪。夜深人静，繁星闪烁，总能听见一些灵魂的声音，回荡缭绕："为中华之崛起而读书"的奋发图强；"砍头不要紧，只要主义真"的舍生取义；"家国天下，舍我其谁"的豪迈担当；"回国不需要理由，不回国才要理由"的精忠报国……

这些生命的存在，或长或短，都光耀灿烂。不被历史的风烟吹散，不被喧嚣的红尘淹埋。世代相传，不朽人间。

无论战争与和平，开拓与重建，继承与创新，每个生命，均有自己的历史承担与特定职责。紧扣时代脉搏，踩准大潮足音，方能不负岁月不负使命。热情奔向太阳，不懈追逐梦想，才有美好绽放光明闪耀。

你来人间一趟，你要看看太阳。

夏至，恰当其时。

来一份五元猪肝的过劳肥

"老板,今天给我另加一份猪肝,五元的!"晚上八点多,从地铁站挪到小区旁边的猪肝面店,我豪气地点餐。似乎,随手抛掷了一个亿的资产。

偶然发现英伦小筑旁边的这家猪肝面店后,每每想吃面,便再也没挪过窝。每次都一成不变的,点一小碗猪肝面,从不曾换过新花样儿。

刚开始几次,老板总会很热心地问,要不要再加一份猪肝、煎蛋、牛肉等等。我每次都拒绝,冠冕堂皇的理由:意犹未尽,才会保持热情,往来长久。心里暗自嘀咕,拒绝增肥!

这一日,却是破天荒。不同于寻常。

"你把我这瓶酸奶也喝了吧!"右座的大姐,刚旋风般从会议室赶来,一落座,见我津津有味喝完酸奶,利索地把自己那份递了过来。

她是来安排好工作餐,招呼大家吃饭后,才匆匆赶往会议室,张罗着中午十二点半的会议召开。然后,见缝插针抽点零星时间出来吃饭。每一个环节,行云流水,紧凑衔接,没一点浪费留白。

"您还没吃呢！赶紧吃点，吃完喝酸奶，帮助消化！"我真心推让着，真切体会每一份工作的不容易。

"不能再消化啦，要减肥！工作越忙，体重越增长！"她边把酸奶推回我面前，边往嘴里扒着米饭，还不耽误聊天。

"没关系，中午可以吃饱点，晚上再减。"我以自己井底之蛙那点常识，自以为是地开解。

"晚上没法减肥啊！不仅要吃，还得多吃！老要加班，经常到很晚，不吃饱，哪有精力支撑！"这个话题，让她很是无奈，"各个部门现在都很忙！老大更是劳累，每天休息的时间太少，有时坐在椅子上，竟然瞬间就能睡着！所以越累越增肥，这就是典型的过劳肥！"

听她一席话，我闭上了嘴。默默地拿过她的酸奶，一点一点，吸得精光。不知是惭愧，还是想汲取她的精髓。

我们总以为，自己是天底下最劳累，付出最多、收获最少的人，如果不看看别人的生存状态与办事效率，哪能知道，自己有多狭隘、浅见，生命有多韧性，富含潜能！

世界，不止自己经历的那般苍白；天地，不是自己眼界的边缘局限。

回顾这一天满满的行程，忙累中自有乾坤。

程序严谨、枯燥繁琐的工作，遇见前所未有的复杂并行，其中却蕴含着排列组合。只要你用心，便会发现暗藏玄机的理性智慧。

"昨晚加班到凌晨一点多，就想把内在的逻辑理顺，让操作中尽量少些不必要的环节。谁知，设计还是存在一些缺陷！"满场最活跃的身影——随时都在根据进展不断完善下一个环节，中午都没顾上有半点歇息的小帅哥，不无遗憾。其严格自律，完美追寻，一览无余。

临时团队的小伙伴，个个对流程都捻熟于心，运转高速，动作麻利，配合默契。让菜鸟的我，自惭形秽。

"麻烦师傅把她送到地铁站，她新来，不熟悉路线！"这一天的总指挥，临散场，指着我给师傅再三关照。七尺男儿的细致入微，让你刻骨铭心。

　　他肩负重任，上下沟通、左右衔接、前方跟踪、全局把控，集千头万绪于一身。他条分缕析，大思路、微细节，整体进展、临时动态，独具只眼，样样不含糊。

　　这一天，见到这些人、观花这些景，让三头六臂、穿云翾羽、眼观六路耳听八方等词语，齐齐向我涌来，让我渴望，能拥有如此的羽翾与翅膀！

　　我想，修为，当是在此情景，刀琢斧削，百炼成钢，方能如此行云流水，温煦如水，上善若水吧！

　　因为这样的幸见，我深感自己的单薄与浅见。便于这晚，开先河加了一份五元的猪肝，渴望这枯瘦的人生，来一次丰盈的过劳肥。

给母亲一颗苹果

母亲节。首都机场。炎暑将临,作物旺生。

提着一个电脑包、一包刚在机场购买的书籍,与一只拎包,我在机场的洗手间凌乱不堪地洗手。感应龙头难解人意,水时断时流。本已闷热,几个包又来回碰撞,汗,不由自主地密密匝匝。

边上忙着不停地擦干洗手台的清洁阿姨,见状,轻移一步,挪过来,将墙上龟缩于纸巾盒的纸抽出来,示意我擦手。仔细打量,阿姨已生华发,得有五十多岁了。手臂粗壮,动作麻利,想必长期与体力劳动为伴。或许文化程度并不高,但面容慈善,有一种母性的佛光。

这一日,微信圈铺天盖地,全是对母亲的各种华言丽词,赞美,祝福,思念与缅怀。见到眼前这一位,极普通和蔼的阿姨,我的脑海,条件反射般浮现出母亲的脸庞。是的,这是普天下母亲中的一位,湮没于芸芸众生,唯有"母亲"的称谓,让她们立体起来,风华起来,瞩目起来。

这是一位母亲,我的心倏地一热,无端潮湿柔软。在这专属母亲的节日，沐浴着萍水相逢的慈祥母爱，恍惚看见自己那远在天国的母亲，正对我温煦微笑。忍不住掏出包中仅有的一件吃食——酒店配送的一颗苹果，虔敬地递给清洁阿姨，并祝她母亲节快乐。我的嗓音，无端地低沉。阿姨见状，不做过多的客套，略带羞涩地道了谢。那一刻，特别感恩酒店，配送的这颗苹果，又大又红又圆，犹如这位善良、慈爱的阿姨的脸。

母亲已逝去三载，在这钩沉缺失与憾恨的氛围里，常常有找不着归途的失措与凄哀。今次这异乡的母亲节，淡淡惆怅、凄凄怀想，却有了些许的不同寻常。空洞的心中，充塞着久违的块垒，与蠢动的暗潮。上午在院士家的采访，于寂寂的心湖，漾起细细的波纹与绵绵的涟漪。

第一次见到院士夫人，一位历经抗战烽火、文革沉浮、开放大潮的知识女性。优雅的气质、优良的教育、优渥的谈吐，让七十六的她，笼罩着一团亲和、清爽、轻柔之气，令人仰慕、倾慕、向慕。

采访在餐厅进行。桌上摆着一个精巧的玻璃碗，里面盛放着大小匀称的木瓜块，细腻地插上了牙签。夫人说木瓜美容养颜。玻璃杯的茶，上面悬浮着一朵美若金丝菊的花，鹅黄、娇艳，下面立着嫩绿的芽，味苦回甘，清冽简淡。吃一块木瓜，啜一口清茶，从色泽到口感，满溢着母亲对儿女自然而然的脉脉用心与熨帖温情，唇齿生津，暖意润心。

听夫人款款深情、娓娓陈情院士那七十八年不同凡响的光耀人生与境界精神，温婉内敛的她，也忍不住因自豪、崇敬而神采飞扬，侃侃而道。

她说，院士一生做的都是大事，都是创新的工作，哪怕到了退休年龄，还在孜孜不倦地开创新领域，直至今天。生命不息，探索不止。而这一切，都是源于祖国母亲的需要。每一次新的任务交付，都是事关国家战略安全、发展大计的使命重托。院士能将每一件事都做好，是因为他对祖国从不曾动摇的忠诚以及交织智慧与热血的献身。哪怕他的家庭在文革中饱受摧残,父母受害,也从不曾迷茫他"铸国防基石,做民族脊梁"的信仰与追寻。他将早年丧母之殇,转化为对祖国母亲更深沉的爱与更炽热的情,牢牢根植于他的血脉,贯穿于他的躬行,并由内而外散发高洁的品质与博大的气度。无论母亲光华绝代,还是羸弱病患,都爱戴无比,始终如一。

于母亲节,有幸聆听,这千千万万母亲中的一位,对伟大祖国母亲的家国情怀与赤诚心声,拳拳之心,切切之情,令人动容,感同身受。对母亲的爱可以有千万种,但矢志不渝的忠贞、不离不弃的守护、竭尽所能的强大,应是所有爱的殊途同归。正是如此信念,成就中华民族几千年的苦难辉煌、脊梁锻造、屹立东方!

在失去母亲的母亲节,我给了母亲,仅有的一颗苹果。祈盼母亲,永驻我心,光耀,鲜亮!

她去了救援一线

这一晚，当我坐上出租车，在蓉都的霓虹中来回兜圈，穿梭于满面红尘的烟火色时，而她，却正穿越火线，赛跑生命的灾难。

和她并不熟识，仅有一面之缘。对于她的印象，是从各种渠道只言片语听到。臆想汇总成：出奇要强，雷厉风行，拼命三郎，工作狂⋯⋯

得知她去九寨沟救援一线，是坐在出租车上，无意识地、机械地翻看着各种铺天盖地的微信，基本以浏览照片为主，文字没功夫细读。在更仆难数的信息中，惊鸿一瞥她的身影。

那一瞬间，整理了一天采访提纲而疲倦眩晕的我，不自觉坐直身体，将近视模糊的瞳孔，凑近手机闪烁的屏幕。放大她所在团队的照片，没错，的确是她！那一张线条硬朗的脸，散发的果敢气质，力透画面！

仔细端视，发现，无论多么不屈从于岁月的磨砺，年轮，却在她的脸上，刻下深深浅浅的印记！她已不年轻，五十一岁，不管心态多么阳光，自然规律却是不可拒抗，尤其是长期的超负荷！我看见，褶褶皱皱悄悄爬上她的眼角眉梢，鬓霜星星点点洒在她的飒爽短发上，虽然她的笑容如常爽朗！

应前线所需，作为一名老共产党员，身为医务科主任的她主动请缨，带领单位第二支医疗救援分队，马不停蹄赶赴一线增援。

简单有限的文字，本色无饰的照片，却令我陡然热血沸腾！赶紧联系她的家人，只听得寥寥片段：

她走得很匆忙，没告诉家里任何人，连同在医院上班的女儿都不知道；家门钥匙、拎包和衣服全放在办公室，身着工作服出发；经过七小时马不停蹄的奔波，到达目的地后，来不及片刻喘息，立即加入现场的救援队伍；按照指挥部统一安排，当晚星夜兼程运送伤员回绵治疗，估计得凌晨几点才能到……

碎片般的信息，让我波澜不兴的神经，少有的惊醒！除却本能地祈福她们的平安，更多的，是眼羡！没错，是眼馋，是羡慕！身体里那一腔，与生俱来的豪情热血，喷张奔突，竟是无以安放！

我无法去推测，在一群年富力强的铁血汉子中，她有着怎样强烈的意愿和气场，才能说服领导，以她羸弱的臂膀，支撑这场穿越生死的急救场！

因为这样一个电话，出租车里漠然疏离的气氛，发生三百六十度大逆转。

师傅主动搭讪："一个女同志，能不顾生命安危，主动到灾区去救人，太不简单了！"

此语一出，如一点火星，飞入滚烫的油锅，我无处安放的情绪，破闸而出。

"是啊，余震平均每半小时一次，她再钢打铁铸，也只是凡胎肉身，不可能不怕死啊！关键还不年轻，没有休息的间隙，身体能吃得消吗？！但，她却说走就走！"我不由自主的声音高亢，不顾形象。

"估计她根本顾不了其它，只想多救些灾区的伤员吧？！"师傅被我的情绪感染，亦是颇为动情的设身处地。

"哪怕要冒如此大的生命危险，其实，更多的还是羡慕她！我也好想去灾区一线，干不了其它，至少可以当个战地记者，把灾难中的顽强与温暖展现出来，把感人的事迹与瞬间传播开去，给生命多一些亮色、希望与正能量！可惜，没机会去！5·12时就想去，但单位征募的志愿者不要女同志，全是年轻小伙子！也能理解，单位主要本着对职工负责，尽量不造成损失的原则！不过一直很遗憾啊！这次也想申请去，却找不到渠道！没想到，同为女性，她竟然说去就去了！咋能不佩服，不羡慕？！"

"毕竟是关系生死的大事，情况特殊，不是每个人想去就有机会去！这也是没办法的事啊！去不了一线，做好自己的本分，也是对社会的一种贡献。"师傅略显无奈，以自己的方式，开解恨不能马上就奔赴一线的情绪激动的我。

"做好本分那是基本的。在大自然中，生命很渺小，在宇宙中，生命很短暂。所以，生命需要有静水流深的涓涓常态，也不能或缺波浪滔天的壮阔瞬间！如果一生，全活在自己的小世界，一次都没有，为别人、为社会的拼命奉献，当走到人生的尽头，往事回首，肯定会无比遗憾，为生命的苍白与寡淡！"

我已是自言自语。或许，心中那与生俱来的英雄情结，被她可观可感的壮举，具象成生命的华年锦瑟，触手可及。

细想，其实每个人，总会有几次这样的机会，无论是冲锋在前的以生命换生命，还是沉潜于后的以智慧博未来，只要你勇于付出、乐于奉献，你总有机缘选择。能否得偿所愿，关键在，你是否有坚不可摧的心向意愿，你是否有经年累月的储备积淀。只要你，矢志不移地追寻生命的意义和价值，你总能，抓住机遇实现！

有担当、肯奉献的人，无论何时何境，永远都是社会的中流砥柱、民族的坚挺脊梁！哪怕是倒下，也会平地起惊雷，为后人树立不朽的丰碑！

这，与性别男女毫不相干，与生命长短更无相及。

或许，她早已通透，这一机理？！所以，危难面前，才能如此奋不顾身，英勇取义！

出租车里，陷入一片沉寂。只有路边的灯火，不断闪烁。

我沸腾的心情，在与萍水相逢的师傅热火朝天的交流中，终于明白她去前线其实无关乎男女的性别后，亦归于平静。心里默默念叨：愿更多人能知晓，共和国历史上，像她一样"铸国防基石，做民族脊梁"的勇士！

在裙裾飞扬中奔跑

时光流转雁飞边。

再一次奔跑在若明若暗的夜色中，已是一年后。

依然是相同的姿势，我游移在路上。长裙飘飘，长发飞扬，迎着夕阳和星光，街灯和渔火，奔跑在一个人的路上。

所不同的是，一年前，我在一座山下，绕着一条河兜兜转转。河边，是许多的大排档，每晚，座无罅隙，觥筹交错，我在这最深的红尘来回穿梭。

彼时，我的长裙飘舞，总会引来异样不解的目光。一如，我看他们的狂放喧嚣一样。

一圈一圈的寻觅，我未能找到河的源头，却在一滴一滴的热汗中腌渍一个念头：跑步，是适合一个人独自做的事。在耳畔的呼呼风声中，在脚底的锵锵生威中，在心脏的砰砰起伏中，你的神志，达到前所未有的清明，你的意念，形成五脏六腑的和谐，你的灵魂，吸纳步随心动的愉悦！

无法想象，如有步调不一致的同行者，这样的奔跑，将是一场怎样负重的羁绊！

一年后，我来到霓虹的都市，淹没在人海中。再一次开始跑步，坚持原初的模样，裙裾在风中飞扬。

这是一片风烟中的净土，人稀、树荫、静谧，只听得虫叫蝉鸣，眼见都是同行者。我的长裙，飘扬在闹市的这方清寂时光里，没人另眼相看，各人以自己喜欢的姿势，在路上奔跑。

路上，我看见，有亲子互助行，父母以身作则，鼓舞着、牵引着娃一起前行，舔犊情深；有独自一人，塞着耳机，听着音乐，优游自得地踢踏心跳；有十指紧扣的恋人，着情侣装，始终步调一致，相亲相依；有三五结对的闺蜜，花枝招展，叽叽喳喳，行进在后天亲人的轨迹，不离不弃；有满头银丝的伴侣，不急不缓，齐头并肩，在闲庭信步中，演绎最长情的告白——让我牵你的手，慢慢竞走……

看这样的景致，让我独自的行走，有些不同以往。

回首，始于青春年少的奔跑，起因在体质先天不足的健康逼迫，遵医嘱不得不跑。风雨无阻坚持三年后，略有改善半途而废，典型好了伤疤忘了痛的鼠目寸光。

去岁的奔跑，有废气的淤积，情绪的堵塞，现实挤压的释放。时断时续，阴晴不定，视心情而或有或无，三天打鱼两天晒网的随性罔顾。

这些源于外在的功利的因，而被动的跑，都未能坚持到底，未能深谙停滞不跑的痛苦与虚空。

眼下，再续这一场，淅淅沥沥的长跑，意味已然不一样。

沿途的浏览，让我看见，生命的常态，就是奔跑。

人生，本是一场比拼体力智力毅力的马拉松。无论你贫富贵贱、大小强弱，一旦跑上这命运的轨道，都不分轩轾、视同一律。谁能由内而外生发，主动的淬炼、自觉的磨砺，并将百折不挠、勇往直前进行到底，谁便能跑到人生的终点，绽放温煦的笑颜。否则，只能行百里者半九十，功败垂成，半途而废。

生命，这一场奔跑的修行，其轨迹，不会千里波平、一览无遗。正如韦庄诗言："往来千里路长在，聚散十年人不同。但见时光流似箭，岂知天道曲如弓。"纵然光阴瞬息如电，但一路的感受，却层见叠出，各各不同。

有些人，跑着跑着，不经意间就散了，掉在后面，甚至停滞不前。而有些人，跑着跑着，在前方就聚了，交叉汇合，一路同行，奔向终点。聚散难期，就看你跑的频率与耐力。同频共振，总能聚合，相遇！原来这条路，并不孤独！

从一城到另一城，路过不同的景，见过不同的人，在裙裾飞扬中奔跑，让我明了：着力要实诚，姿势要轻盈。

飘然过立秋

要不是一场不期而至的雨，我还不知已是立秋。

这一天，被暑气肆虐已久的大地，和大地上的生灵，从皲裂褶皱中鲜活过来。枝叶招展着藏不住的喜悦，婆娑起舞。碰面的人，或许并不熟识，却都会道上一句，"下雨了，立秋了，终于凉爽了！"大有一种普降甘霖、润泽众生的奔走相告。

想必，古人所言"蜀犬吠日"，也是这样一种景观吧。

历经一场酷暑洗礼的挥汗如雨，煎熬以空调为生一半海水一半火焰的内焦外冷，一夜之间，便进入"一叶梧桐一报秋，稻花田里话丰收"的时节。

有些恍惚，"感恨方初夏，飘然过立秋"。

似乎刚过夏至，万物生长、阳气最盛的节气，转眼就进入一叶知秋的过渡性季节。既要收获禾谷，亦需整地施肥，渐入热转凉、凉变寒的萧瑟。如此想来，一丝伤秋袭上心头。"韶光何太速！壮岁突苍头！"

自从看见夏至的金光闪闪后，便一直处于罕见高温的笼罩挟裹中。

身体在火烧骄阳的炽烤下,热气蒸腾。内心在汹涌大潮的冲击中,热血奔腾。

那些前半生无端挥霍的光阴,那些不珍惜毫无痕迹的生命,卷起一波又一波热浪,劈头盖脸打来,山崩海啸袭来。同样的白天和黑夜,24小时的循环往复,却已然不一样。似乎密度加厚,浓度加深,温度加高,无穷无尽的能量,敦促着你,只想不要命地奔跑,跑向太阳,跑向没有黑暗的光亮!

当跑得头重脚轻、脑晕眼花时,喘息的当口,回望另一片天,你会有瞬间的不真实。茫然四顾,不知此时何时,此身何身!

时空转换,世异时移,昨天今天,一念之间,却是如此迥异的两重天!

每每此时,心里总会千遍万遍地回味,有人曾说过的一句话:从未品尝过轰轰烈烈的激荡精彩,哪懂平平淡淡的澄静安然?!

万事万物,相依相存。当你没有参照物作比较,从何而来臆断定论,固执己见?!只是,当你"身在此山中"时,却是无法看清全貌;当你明白了悟时,"轻舟已过万重山"!

世界很大,大到一个不相关的人不经意的一句话,都可以改变你的人生;天地很小,小得只够安放一颗心,一颗固步自封、局囿井底的小小心脏!

在酷夏与秋凉中,我的心绪起起伏伏。交织着梦境的失重,与现实的隆重。不愿错眼沿途的风景,也不愿错失风光的险峰。既想见识命运的波澜,也想拥有内心的不惊。

踏着第一场秋雨的湿意,下班后我没有按部就班回蜗居,而是来到小区外的蔬果店。在稀稀落落的植物中,我挑选了素昧平生,被服务员称之为"红叶草""绿叶草"的两小盆绿植,通过花伴侣识别后才知学名"彩叶草"。

搬回家，不是因为她们漂亮，或是易养，只想给生命的原野，松松土、施施肥，植上一抹，清心明目的色彩。

这飘然而至的立秋，不希望只有渴望收成的焦灼与躁急，还愿有秋的沉静与通透。

在一株植物中，且听奔走的从容，劲风的歌咏。

黄昏的车站

疾风驱急雨，残暑扫除空。

一场急风骤雨后，暑气渐行渐远。黄昏的风，穿过薄薄的衣衫，已有些许寒意。夜凉如水，一似去岁秋。

坐在车站的条椅上。昏黄的路灯，照着影影绰绰的车辆、行人，看他们，从身旁掠过。呼啸的车轮，飘动的衣衫，恍惚听见路人盼归的心跳。

四周很静。天地间，没有了白日的喧嚣。大楼的灯，在窗户间明灭参差，不知是来兮，抑或应归去。车辆没有停息，循环往复。

我亦这过往的旅客，山一程，水一程，穿越岁月的轮回，奔赴前世今生的约定。抵达心心念念的圣地，以为已是终点。看熙来攘往的旅人，看上车下车的过客，突然，一丝惶惑，一丝无措，让我不知去向何处。

人生，一如这飞驰而过的车列，一站一站停靠。车上的人，在颠沛的漂移中，对站台总是抱着理想的热望，以为那是，心灵的归宿，信仰的港湾，倦鸟的知还。于是，有人赶来，有人离开，每一个站台，都成为，不同旅人的起点和终点。你之起点，我之归处。

到达目的地，却发现，你梦中的蓬莱仙境，不过是，他人眼中庸常的红尘。

如许，你所有的跋涉，所有的磨难，所有的坚持，所有的熬炼，意义何在？

这流萤星光异乡的夜晚，在梦里梦外的浮生清欢中，我无法体会圆满的喜悦，更多的，是迷失方向的虚空，和身心俱疲的失重。

我没有看到韦翰章描绘"香雾迷蒙，祥云掩拥，蓬莱仙岛清虚洞，琼花玉树露华浓"的仙境，亦无"丹崖琼阁步履逍遥，碧海仙槎心神飞跃"的体验。齐齐涌上脑海的，是布满心扉的修炼与闯关，是横亘道路的风光与风险，是撒下沿途的汗水与泪水……

那些日日夜夜的寻寻觅觅，那些足足迹迹的深深浅浅，那些青青紫紫的磕磕绊绊，百寒成冰，自动熔炼成，一味名为"阅历"的药方。这味药，已深入你的血脉骨髓与五脏六腑，如影随形，不离不弃。

每每你，险遇拦路虎而惊慌失措，欲半途逃逸撤退；突发心魔症而自怨自艾，欲自轻自贱苟安；稀缺后继力而自暴自弃，欲前功尽弃躲避，这味药，便会自动启开按钮，汩汩在你四体百骸流淌。饮冰食蘖的苦，钻心腕骨的痛，会让你的神志前所未有的醒透，会让你的心绪无与伦比的清宁，你体内的毒素与淤积，得以实现一次自我否定的清理。如此的超越，会让你，不断迈上，一个又一个，更高的台阶。你头顶的天空，亦会越来越辽阔深远。你思维的认知，亦会越来越求实深刻。这才是，你上下求索的根基！

这黄昏的站台，我错将之作为，一劳永逸的目的地，才会对多年的坚持和追寻，产生瞬间的错乱与疑惑。

因为，我们总是苦苦索取一个结果，殊不知，瞬间的获得，远不及过程的深刻与隽永。

我们总是痴痴寻求一种幸福，不曾想，甜蜜的甘露，怎堪比，痛苦的铭心与清冽？！

短暂的迷失后，"阅历"这方药再一次醒神：追寻，是一种极限，没有止境；理想，是一种信仰，没有终点。

葭，摇曳成花

看到微友圈的那张照片，是秋日的黄昏后。

一轮溶金的落日，远远挂在黛灰的天空，金乌西坠，洒下半江余晖。几枝芦苇，映衬着如此背景，在江畔依稀摇曳。透过斜阳的霞光，纤柔的白褐色花穗，怀金垂紫、纤毫毕现，一种苍茫辽阔、壮怀长啸的美，直击心扉。

这画面，深深烙印于我的脑海，挥之难却。

曾在草木葳蕤的时节，阅读一本植物图鉴，意外发现，一个"芦"字，竟然别有洞天，不同的生长时期，称谓却不同。芦苇初生者为"葭"；未开花前称为"芦"；开花者才是"苇"，又名"荻花"。

进一步查证，《诗疏》有云：苇之初生曰葭；未秀曰芦；长成曰苇。葭者，嘉美也。芦者，色卢黑也。苇者，伟大也。

从葭，摇曳成花，从稚拙的青涩，到坚韧的伟大，经过怎样山高水长、寒露浓霜的浸染和历练？！

不由想起《诗经·秦风》中，那一首"风神摇曳的绝唱"——《蒹葭》。我更愿意将"在水一方"的伊人，看作人生的理想与信仰。这是一场，没有终结的痴恋。

瑟瑟秋风，茫茫秋水，芦花泛白，清露为霜，水上烟波浩渺，空中雾霭迷茫。漫漫人生路的修行者，踯躅水畔，热切地追寻隐约缥缈的梦想。回想春江水暖的时节，葭嫩绿青碧，娇羞欲滴，情窦初开般遇见理想，一场青涩的爱恋，如眼前一望无际的青芽的葭，纯真美好。

那如梦如幻的身影，在如痴如醉者的恍惚思念中，若隐若现、觅之无踪。心醉神迷的修行者，内心痛苦，难以名状。和伊人那一段情真意切、相伴相依的甜蜜，牵引其执著追寻，不愿半途放弃。眼前浮现，葭芽疯长，秀丽挺拔成芦，那葳蕤茂盛的芦苇荡，留下的不离不弃的点点滴滴。

回到现实，却一片烟水迷离，苇花飞雪，无论修行者如何"溯洄""溯游"从之，伊人却可望不可及。

因为那"道阻且长"，因为那若即若离的距离，让苦苦的修行者，一路风霜，一路激昂，奔着或许是梦幻、或许是昙花一现的影像，无止境地寻觅。

当理想这"在水一方"的伊人，幻化成镜中花、水中月的信仰，成为修行者世世代代追逐的梦中佳人，我由衷崇敬，那些历经风霜雪雨、备受苦难鞭笞，坚持到底、矢志不移，让自己从纤柔脆弱的葭，摇曳成明朗壮阔的荻花的灵魂！

芦苇，这象征韧性、自尊又自卑的爱的花语，让我忆起塞林格的名言："一个不成熟的男人总是为了某种高尚的事业英勇地死去，一个成熟的男人总是为了某种高尚的事业卑贱地活着。"无论是男人、女人，对于每一个人，何尝不是如此？！

英勇地死去，可以酣畅淋漓，一了百了，从此远离无边的苦海。但总要有人卑贱地活着，承受生不如死的炼狱煎熬，才能让理想之光，世代不灭，照耀从四肢爬行进化到直立行走的人类社会，从蛮荒，到繁华，直至更加深沉的文明。

长不大的人，要么一直放浪形骸要么早早死去，归于尘土。成熟的人，会把诗意和远方长埋心底，骄傲沉默，忍辱负重，像芦苇一样坚韧如丝，哪怕现实再苟且也要活下去，永远做社会的基石，历史的航标。

"理想虐我千百遍，我待伊人如初恋"。

愿你我，在人生的更深露重旅途，像葭一样，摇曳成花。

秋阳下的月季花

远远看见那丛月季花,是在午后的秋阳下。

走进静谧的小院,想象这里曾经的风起云涌,气势如虹,而今,只余风轻云淡,波平浪静。

唏嘘感叹间,一阵风拂过,放眼,便看见了那丛兀自绚烂璀璨的花。

金气秋分的天空,高峻邈远,明净通透。一轮骄阳,毫无遮拦地倾泻而下,直直打在怒放的层层花瓣上。让红的花,愈加热烈,白的花,愈加纯洁,黄的花,愈加明澈,粉的花,愈加娇怯……

天地玄黄,宇宙洪荒。那一刻,时光滞止,风静云平,惟有这一隅角落,摇曳着生命本真的剔透模样!

处于淡淡缅怀怅惘中的我,一下被这片光与影的多彩变幻胶着了目光。跑过去,不同角度,不同构图,匆匆留下这勾魂失神的画面。

如约。上楼。

聆听,温文淡远的语音,对前尘往事的追忆,对激情过往的凝视。

穿越大半个世纪的历史风烟,沉淀在岁月深处的,除却那些启蒙思想有意有趣而闪闪发光的刹那与片段，也有青春年少挟裹时代大潮的懵懂与遗憾。

如何反思那些非个体主观能挣脱摆布的伤痛，如何正视那些历史颠踬螺旋式的崎岖，是那一代人无法回避的创痕。

步入耄耋的院士，以静水流深的语调，述说年少时的轻狂、差池，与在真理光芒照耀下的格其非心，匡救弥缝。神情坦荡，声线坦诚，心态坦然。

午后的阳光，照进玻璃窗，如此的恬静、安然，让你看见天道的高远、地道的深邃，端呈世界的原初本样。

不由想起楼下的月季花，在秋毫可以明察的高天流云下，恣意地舒展，明净地绽开。"只道花无十日红，此花无日不春风"。历经春的花红柳绿，夏的烈日炎炎，秋的洗炼沉淀，始终如一保持本色，不由外部环境影响，淡定从容。月月开花月月红，花落花开无间断，春来春去不相关。

如此经久不凋的意志，成就"一年长占四季春"的美景。殊不知，这长盛不衰的背后，是以不断自我修茸剪枝为前提。

每一次花开的盛宴，都是一次死而复生的凤凰涅磐。花谢，必要折枝修剪，折断处长出新的嫩芽，才会有下一次的期待与盛开。

人生何尝不是如此？！

院士的一生，在国家利益至上的选择下，于三个不同的领域，均做出卓越的贡献。人说，一生能做成一件大事，已然难能可贵。而他，一干，就是三件！件件出彩，事事灿烂！

几十年不凋零的盛景，何尝不是他时时躬身自省，处处探寻真理的因果必然？！

他始终将实事求是、遵循客观规律作为行动的准绳。一旦发现，无论是主观还是客观、是认知还是实践，造成与此的背离偏差，绝不胆怯逃避，一定会应机立断，忍痛修剪，阻碍花开的芜杂紊乱，让枝干常刈常新。在自我否定中，持恒超拔，汩汩焕发，美德的光彩与智慧的火花。

想起以生命捍卫真理的苏格拉底，在审判中振聋发聩地警醒世人，"未经省察的人生没有价值"！他认为，逃死不难，逃罪恶难。人活着，就应该不断地省察自己的人生，关心自己的灵魂，重视生活的意义，走向至善至美的自由尊严与神圣境界。

省察自己，必以真理为前提。谁敢于接纳不完美、有瑕疵的自己，常修常新，谁就能在正确的方向走得越矫健，越接近真理的终极本源。

自然界如此，人类社会亦如此。

那一丛秋阳下的月季花，终将摇曳在，生命进化的苍穹下。

有裂痕，才有光进

《万物皆有裂痕，那是光透进来的地方》，读到雾满拦江这篇文章时，窗外下着雨，萧萧索索。

霜降后，基本是阴雨天。室内室外，一般昏暗、冰寒。"霁霭迷空晓未收"，天地一片涳濛。

养病，寄居斗室。一条伤腿，在霜风刺骨中，愈加的寒凉冰冻。轻抚，犹如一段生铁，冷硬麻木。挫伤处，有汩汩的热源，不断冒出。

医生的诊断犹在耳畔：还好半月板没大问题，主要是左侧胫骨，骨水肿、骨挫伤，运动太过量所致。虽无须手术，却恢复较慢，需要长期修养，得两三个月吧！

三个月！都该春暖花开了！

人生过半，踌躇数年。好不容易下决心迈出长期锻炼的一步，将跑马拉松作为一种信念。才浅尝意趣，却遭此打击！

不由想起警察与赞美诗。上帝，总喜欢如此恶作剧。难怪，无论哪一条道，能坚持到终点者总寥寥。

秋雨已持续几天，没有停歇的迹象。雨亦悲秋，多病多愁。

晨昏颠倒。蜗居，只听得心跳。世界，似乎只余心跳。

雾文，在此情景得见。是一贯的风格，大量的事例，引古筹今，兼具故事性与趣味性，让你阅读如行云流水，一路无阻通畅，以为只是一份平淡无奇的快餐便当。在某个峰回路转处，却陡起层叠，涓涓细流汇成悬空瀑布，跌宕奔腾。其精华要义，飞珠溅玉，让你，目眩眼花，应接不暇，或脑洞不够，无力消受。

像雾满拦江这般精通历史的大家，底蕴总是深厚，哪能只是呈现乏味的速食？

"我们不知道裂痕的价值，不知道智慧成长所在，恰是认知中最脆弱的软肋。"

"人心最脆弱的地方，恰是最具成长性的。如果一味闭锁求全，就会把自己的人生状态，封印在一个不堪之地。"

文字中闪烁的思想火花、律动的智慧音符，一段一段，与心跳的节奏合拍。

病腿的罅隙，似乎透进了<u>丝丝亮光</u>，愈加的热浪冲撞。

回想，这样的时节，总是与病榻缠绵。

三年前的初冬。持续加班过猛，急遽爆发肌腱炎，手臂只能靠绷带支撑。生活无法自理，几等废人。

祸不单行，气管旧疾复发，转化成变异性哮喘，昼夜咳嗽不止，给手臂的疼痛雪上加霜。每天六顿药，活着，只剩下喘气、吃药和睡觉的份儿。什么也干不了。

在那只余心跳的时空，思维却是少有的清明。第一次身临其境，审视生命的短暂、脆弱、易逝，在预警的终结边缘，模拟离世的回光返照。真切听见心底的恐慌：身后什么都未留下，何必来人间走一趟？遭此罪、受此苦，岂不冤枉？

正如德森老法师偈诗云:"窗外日光弹指过,为人能有几多时。人命无常呼吸间,眼观红日落西山。宝山历尽空回首,一失人身万劫难。"窗外的日光像弹指瞬间一样的短暂,做人又有多少时间呢?人的生命无法掌控生死在呼吸之间,一旦失去生命你即使经历万种磨难也换不回。此身不向今生度,更向何生度此身?

那一年病榻的澄静冥想,唤起"活人且做死人活"的警醒。人生如此无常,哪有多余机会伤悲?生命如此可贵,岂能将它白白浪费?

正是这体弱多病的裂痕,让我学会珍视每一次新鲜空气的呼吸,让我无比欣喜每一天太阳的升起,让我无时无刻不幸福感恩:活着,真好!

正是这体质先天不足的软肋,让我愈加争分夺秒,与生命赛跑。寻找个体存在的意义,创造力所能及的价值。时时不忘告诫自己:活着不易,且行且珍惜。

眼下的受伤,何尝不是思维认知的局限裂痕,需要智慧之光普照的预警?

本着良好愿望:磨砺尽可能强健的身心,做更多不随肉体消失而随风消散的事情。目标很美好,执行很欢畅。只是,很快便遇见伤痛的意想不到。

难道命运,天生任性不公,专要和理想捣蛋作对?

细想,这看似的偶然意外,却有必然的脉理内在。

受明确梦想的无限动力驱使,意志控制身体,拼尽全力奔跑。肉体的疲累在亢奋的神经下已难以正常察觉。而身体的潜力边界,更不可预知。一个志得意满,便会越了界。

轻易受伤,便是善意提示:欲速则不达,凡事讲方法。正确的目标,可行的规划,还得有合理的路径,恰当的方法,方能顺畅到达。

如果没有身体的敏感娇弱,导致出师的这般周折不利,又怎有闲暇停下，深化科学认知，及时调整心态，反思挫败经验？不然，毫无章法、不懂节制地一路跑下去，最终的结果，想必更严重，受到的教训，定会更惨痛！

没有如此的裂痕，我们怎能知道，人生有多少梦想，究其实质，是败给了无知与蛮荒？！

有人说，内心需要多些阳光，少些悲情；多些自信，少些卑微。

或许，这是我们生而为人的共同理想。我们与生俱来渴望温暖、快乐、幸福、美满。但，"不如意事常八九，可与语人无二三"。天地浩荡，生命微渺；宇宙浩瀚，认知囿限。故此，人生，总有那么多，人力边界的无奈，总有那么多，无法控制的意外。与之相伴，难免有灰暗、挫败、狼狈、徘徊，甚至是深深的绝望！

试想，如没有厚重的悲情，怎能体味阳光的灿烂明媚？

如没有小草的卑微，怎能感知大树的参天雄伟？

正因为我们内心存在着裂痕，才有机会不断地生长。

正因为我们历经痛苦的煎熬，才有能力品尝幸福的美好。

万物皆有裂痕，那是光透进来的地方。

让我们以成长不休的心态，泰然接纳难堪惨淡的现在。

让我们以开放不滞的思维，热情拥抱不可预知的未来。

盘中风景

> 把人生风景
> 烹成盘中美味
> 乐享
> 天地物华
> 装入肠胃
> 在敝庐生根发芽

周末。如常。洗手作羹汤。

呈上一番煎炒烹炸的作品时,照例是让蠢蠢欲动的馋虫停驻,立此存照,或圈发微信,或独自开心。人生风景,烹成盘中美味。

每每此时,胸中似有丘壑万千。饮食男女,粗茶淡饭,浓缩了整个世界。这小小的盘中餐景,已然带来,无可比拟、难以替代的满足和成就感,不啻于,威武将军对奔腾万马的运筹指挥。

一隅墟市,柴米油盐;一方灶台,锅碗瓢盆。采买洗切煮,口耳鼻舌身，奔忙于最琐屑的红尘，喧嚣于最俗世的烟火，感官不曾迷糊混沌，内里自有乾坤，由厨房到心房，氤氲着，最庸常的幸福，与最丰沛的满足。煮妇成为，最痴迷的角色，与最乐此不疲的投入。

　　一碟盘中，盛满四季风景。春的花，秋的实，夏的果，冬的茎，一应俱全，烹煮成，时光的盛宴，年轮的色香味俱全。一天又一天，一年又一年，不曾错过流年的杯盏。酸甜苦辣咸淡辛，在舌尖流转；赤橙黄绿青蓝紫，在斗室变换。家的味道，四季飘香，活色生香。

　　围着餐桌，享用这些清粥小菜，亦或饕餮荤鲜。当味蕾的兴奋食指大动地乱窜，当连珠的妙语清亮婉转地佐餐，当响亮的饱嗝肆无忌惮地回旋，总是将感恩由心底升腾至头顶，汩汩不息。

　　民以食为天，命以生为本。感恩成长的磨砺，识得这门生存的基本技能，无论命运如何波澜起伏，只要以"爱"为味料，总有四季风景可以烹煮，"自性自度"能够端呈。爱命运，无论它是好是坏，是悲是喜，也无论你喜不喜欢、愿不愿意，都一定得爱它！爱它，才会甘愿为它付出，期盼它能好起来，以至更好。而不是一味的索取与占有，奢求与享受。

　　在充满永恒苦难的人生之路，或许，没有比义玄禅师所言"着衣吃饭，困来即眠"更重要的事。说来是如此简单：饿了就吃饭，困了就睡觉。可现实，有几人能真做到？！

　　当风雨交加、电闪雷鸣时，你是否有胆识出门，是否有能力觅寻，采买到足够的食材，为无米之炊的危机解困，为难以预期的未知稳心？无论何时，有东西吃，有地方睡，是你烹煮人生风景的必备前提。有多少人，穷其一生，都奔波在，"有限的身在"之务实旅途？为形体所禁锢，为物质而裹足！

　　当春和景明、波澜不惊时，你是否有定力专注，是否有品位鉴赏，眼前这玉盘珍馐或布衣蔬食，其中蕴涵的物华天宝，旖旎风光？而非，该吃饭时不吃，百种需索；该睡觉时不睡，千般计较。患得患失，非分妄想，这家闻着那家餐桌香，在比较中焦虑、失落、怨愤。殊不知，别人调了多少爱的猛料，做了多久"无限的行魂"之务虚修行！

四季更替，风霜雪雨，要保持餐盘美景，风物长新，无附加、无条件地爱命运、爱人生，几人可行？难怪尼采会说，伟大的人是爱命运的。史铁生将"爱命运"诠释为，既不屈从于它，也不怨恨它，把一条冷漠的宿命之途走得激情澎湃、妙趣横生，人才可能不是玩偶。

在我心中，烹煮是可爱之途，人人都可修行。它永远不会抛弃你，只要你不会置它不顾。

爱烹煮，爱命运。

在灾难中灿烂

已很久不曾动笔。

不是不想，是不敢。

不写的日子，内心颇为失重与虚空。似乎赖以苟且的意义，被生生剥离。未来，像一个深深的黑洞，不知该以如何的姿态、怎样的面目行走。

这一年的经历，如同写作一般，一夕之间，倾尽心力构建的认知世界断然崩盘，梦里梦外不知所始所终。

在一条路上拼尽全力的奔跑，直至中年才发现，那些曾经让我引以为价值的精神支柱，在奔突汹涌的时代洪流中，却是如此脆弱，不堪一击。

一次偶然的变故，一件突发的意外，一些旁左的杂务，都会被呈放射状蔓延于你的整个世界。瞬间，自以为牢不可破的精神领域，或许就此分崩离析。

早已习惯无波无澜、按部就班的神经，受此惊吓，不啻于天塌地陷。

惶惑，失落。

回首，企图抓住些什么，岁月的风沙却无情地掩盖了一个又一个貌似坚实沉重的足迹，无影无痕，似乎从不曾来过。

逼仄的现实，将已耗损过半、乏善可陈的生命，毫无遮掩地丢在你的眼前，让你来不及抱怨、愤懑、自艾，一地鸡毛，等你收场。

半生追寻，一夜归零。

当忙碌充实成为一种奢望，将何去何从？陷入一片绝望之境，人生跌落至谷底，你就会前所未有地珍视那些唾手可得、微不足道的幸福，诸如清新的空气、婉转的鸟鸣、路遇的微笑、援手的美好。

也会发自内心地感恩，那些雪雨风霜、阴戾险恶的磨砺，诸如是非的不公、人心的凉薄、怀才的不遇、莫名的憋屈。还好，你还能心平气和地反思，还能实事求是地躬省，这些年的经历，不算白遇。

你能剩下的，也仅此一种，形而上的态度。正是如此态度，让你发现，在茫茫人海中，你是多么富有！被黑白是非混淆的郁结，在历史尚未走远的自清自厘中，得以纾解释然。失之东隅、收之桑榆的写作，亦给了你一方灵魂的安住，精神的归宿。在艰难困苦中，犹如一盏灯火，照亮前路。

你为只要自己不放弃、命运就不会抛弃的发现而欢欣鼓舞，亦为灾难触抵灵魂深处、置于死地方后生的知觉而感恩庆幸。

在无着无落的现实中，你努力保持内心的充实，不断学习，不断反思，将几十年的人生不留情地剖析，愈加体会到自身的局限、眼界的局囿、认知的局促。由此进一步感知，无论是个人，还是组织，遇见灾难，绝非偶然，总会有一些潜在的因，蛰伏于地底，在机缘巧合的外力下，挤压苏醒，在沉默中爆发。

既然如此，除却悉数接纳，坦然面对，哪还有其它？！

这一年，犹如你渴望写作速成中，发力过猛，内力不济，导致封笔一般，好一场心灵的浩劫！如此的崩断、曲折，第一次让你看清，自己的功底有多薄弱，资质有多浅陋，要坦然接受如此庸常的自己，谈何容易！

惶惑于多年来井底之蛙的自以为是，汗颜于不知天高地厚的裹步不前。自我否定，已然如此苦痛艰难；要实现否定之否定，更是难上加难！

放眼前方，荆棘密布；回首身后，不见来时路。除却迎难而上、奔向远方，便无路可逃，无处躲藏。

没有痛苦，就不会有蜕变；没有淬炼，就不会有涅槃！

原来，一切的灾难，都是来提点你，找寻自身的不足，自省小我的虚妄，超越浅薄的认知。然后，让你又一次扬帆起航，站在心灵的高处，俯瞰捡拾前行路的风景，灿烂怡然！

寒炉温暖汤

"冻笔新诗懒写,寒炉美酒时温。"在满室暖阳中,迎来立冬。

古人真是风雅意趣。一年二十四节气,每一节气,都有仪式,都有讲究,都有诗意。

立冬,有天子赐群臣冬衣、矜恤孤寡的出郊迎冬之礼,亦有进酒肴、贺谒君师耆老的拜冬之仪。寒风乍起的冬,在如此天降福泽、暖心拜谒中开始。想必,哪怕从此水始冰、地始冻,也会让人心生无限向往吧!

羁旅斗室,看日升日落,观花谢花开。简静的时空,愈加明晰内心的本声、生命的本色,愈加明敏光阴的流逝、美好的留存。

越是困顿,越需仪式感。越是苦寒,越要爱取暖。

我在炉灶上,煨上一锅西红柿牛腩汤。以爱为味料,文火煮、慢功出,在春意流转、满室生香中,用心熬炖,滋美味鲜的浓汤。异乡,寒夜,给最在乎的人,暖心,捂温!

固执以为,一切的爱,最终都要落地于,烟火人生、市井红尘,才有相应的温度和力度。

正如三毛所说，"爱情只有落实到穿衣、吃饭、数钱、睡觉，这些实实在在的小事上，才可以长久。"

有"最贤的妻，最才的女"美誉之称的杨绛，与钱钟书那段"人生若只如初见"的旷世情缘，不仅有"赌书消得泼茶香"的琴瑟和弦、鸾凤和鸣，更有"衣带渐宽终不悔"的默契扶持与忠贞坚守。由知书达理的大家闺秀，到柴米油盐的灶下婢女，杨绛将自己的爱，不仅滋养与夫君的比翼齐飞、共同成长，更是融入，一汤一盏、一缕一衫的凡尘人烟。他们之间，正因为不仅仅有风花雪月的红袖添香，更有患难与共的相濡以沫，才成就了一段，久久长长的旷古奇恋。

亲情何尝不是如此？！

我们总是马不停蹄、拼尽全力，意图采撷世间最好的一切，给予我们的亲人。我们以为，创造舒适的环境、丰裕的物质，便是爱的集大成与竭尽所能。我们替娃规划高大上的远方和梦想，为其选择丰裕舒适的生长土壤，意欲将之，托付给这良好规整的圈养。然后等待，花开成诗，硕果挂枝。殊不知，理想与现实，却隔着万水千山的阻滞。其间的差距，不是千篇一律的成长模式能够充塞填满。柔软的心灵，不仅需要浩瀚星空的指引，也需要，扎根大地的喂养！或许，多少精言妙语的美丽动听，都抵不过一碗热汤的温润暖心！多少纸上谈兵的说教，都不如身体力行的陪伴榜样！

亲情，不仅要会妙手著文章，更需要，洗手做羹汤！在寻常烟火中，将爱，熬制成，别具一格的浓汤，才能更好吸收消化其营养，抵御每一段路的雪雨风霜！

万物收藏的时节，于寒炉温暖汤中回顾，在这条未曾走过的道上，从金光灿烂的夏至，到万物收藏的冬始，历经的节气变换，带来的心灵磨炼。层层叠叠闪烁的片段画面，聚焦定格在，一点与一滴。而这一点一滴，均离不开靓汤的滋养，无论是养心的鸡汤，还是养颜的靓汤。

那是闲适周末的午后,困乏怠惰。在眼花缭乱的各色信息中,静静流淌着,一篇善用聪明的智文。里面的观点,字字戳心,句句共鸣,似乎是,专门量身定做。寻寻觅觅数十年,伊却在,必经之道,等待。尤为画龙点睛、醍醐灌顶的批注,更是开启一扇,重新审视自我、洞见世界深邃的天窗。透进的一点慧光,瞬间将多年的认知盲角照亮!豁然洞见,天之高,地之遥!

那是月挂树梢的光景,清辉朗照。不经意间,高脚红酒杯的底面,沾染上一滴,琥珀色的液体。澄澈之下,有些突兀。正犹疑不定,如何是好?转瞬,却被小巧的餐巾纸轻轻抹去,动作行云流水,自然天成。似乎,这滴汁汤,从未存在。如此细微的画面,深深烙印脑海。习惯成自然,炉火纯青的修炼,一览无遗。不做作,不刻意,犹如一滴清泉,滴入心海,瞬间神清目明,了然顿悟:无声之处听惊雷,幽微之处见功夫。

"门尽冷霜能醒骨,窗临残照好读书。"在这储备蓄力的时节,盘点一路幸见的大书小书,将之熬制成,一锅美颜养心的暖汤,润泽滋养,前方的道阻且长。

行素文，守初心

"即使活得匆忙，也要看看天空和大地。"读到这句子时，已是夜半更深露重。莫名的感动，氤氲在初冬的寒凉中。

这一日，奔走于红尘嚣嚣。极度疲累，带来混沌厌弃的情绪。在动车上小憩，伴随着车轮与铁轨摩擦的轰隆声，沉浸于阒然素色的文字，浮躁的心，渐渐安顿。再一次感受，文字安神凝魂的沉静力量。发自肺腑感恩，人类沿袭既往的诗意栖居。

常常，在匆匆的奔忙中，会迷失了自我。漂浮的心，找不着来时的路。归去的途，便会躁动不安，厌倦索然。初心，早已不知所终！甚或，还浑然忘却，初心为何物！

初心去哪儿了？

我们出发，奔向未知与远方，跋山涉水，沐雨栉风，原是要去寻找，家园的方向。走着走着，我们看见层出叠见的景，迷人心智的物，不由心旌摇荡，沦陷其中难以自拔。忘记才刚刚出发，就此停下，迷恋我执。把眼下当远方，裹足不前。

抑或，我们从不曾停下，一直在奔忙。跑着跑着，却看见岔道，不止一条两条。究竟该去向何方？我们犹豫，彷徨，苦恼。面临诱惑，意志难坚，我们满怀侥幸，选择其中一条未知的支道，寄希望于条条道路通罗马。等到达，却发现，此园非彼园，忙乎一生，依然在流浪。背离前进的方向，北辙南辕。

丢失初心的路上，或许是过度纠结得失的计较。停滞不前，被一时的纷繁，迷失了眼。认知的局限，功利的浅见，让我们将一缕春风，当作了整个春天，牢牢攥住不放。却忘记，春天的本来色彩。背道而驰，被无尽的欲望，动摇了心智。贪慕新奇与刺激，这山望见那山高，心猿意马，沟壑难填。已然迷失，当初为何出发。

海德格尔说，"语言，是存在的家。"只要浸润语言的香氛，不断阅读与表达，就有属于自己的家园。

或许，把初心，做语言的安放，更能坚守不忘。

阅章览胜，仰望智慧闪烁的星空，山高水长。每每挟裹于琐屑俗务，疏离阅读的滋味、冥思的神奇，便会自感无趣，面目扭曲。难以忘记，那些神清气明、自足安然、醍醐顿悟的瞬间，无不是与古圣先贤、新锐大咖对话的片段。他们的自省自察、博闻洞见，为你开启一个新世界，照拂你的过去和未来，柔顺你的现在和眼前。他们，点亮一盏明灯，匡扶前行的航标，照见遥远的前方。

行文串珠，根植笃实肥沃的大地，生根发芽。思想的火花，如绽放的昙花、绚丽的烟花，美轮美奂，却转瞬即逝。再深刻的见地，再睿智的体系，如不能内化为自己的认知，落地于自己的土壤，依然于事无补。难以忘记，多少个夜深人静，守着一盏孤灯，行文表达。梳理晦涩拧巴的思路，记录迂回曲折的心路。且行且书，铢积寸累，乏善可陈的人生，在文字中活色生香。结绳串珠，打磨雕琢，让梦想的菩提，深深根植于脚下坚实的大地。

阅章行文，坚守初心。

冬至的养生汤锅

　　这一日，在一条从未坐过的地铁上。听着一站一站，播报的地名，陌生又熟悉。那些在听觉中频繁出现的词儿，变得立体。

　　挤在人流的缝隙，回复不让人喘息的轰炸似信息。早起，浊气，呼吸愈加不畅。有些晕车的症状。

　　浏览微友圈，聊以打发难耐的旅程。

　　全是冬至的信息。

　　冬至，最冷之日，亦是下一个循环的开始。阳气回升，春之先声。古人，以之为新年而贺。

　　前一晚，已是吃过羊肉，贺过这"一阳生"之春。

　　小伙伴说起，"恰逢夏至"，这一段路的起始，感觉犹在昨日。

　　回望，已是半年，悄然从指缝溜走。岁月像流沙，让你触摸到有质感的温度，却又总是抓不住。

　　会感叹，时光太快，步履蹒跚。

　　半年与半年，又有些不一样。

挟裹在，急遽起伏的浪潮中，你会看见，太阳每一天都是新的，总会带给你，难以预期的惊喜。光阴每一寸都无比珍稀，总是会让你，匆匆奔走追随！

你看见，人生的舞台，可以如此辽阔；生命的品质，可以这般深邃！

围着热气腾腾的汤锅，大伙儿已不再靠冰凉的啤酒将气氛烘托。涮着那一片又一片，肥厚的肉质，便能咀嚼出，春生的话题。

共同走过的路，每一步，在熟识的境遇中，总能催生共鸣。共同拥有的经历，非局外人，能知味哑摸。

有些看似的偶然，蕴含着必然。

在辞旧迎新的追思、展望中，愈加体会，光阴的疾驰，生命的奔腾。那些暗藏在冰河谷底的涌动，那些沉睡于记忆深处的幻梦，齐齐翻滚起来，犹如养生汤锅的鼎沸。

恰如其时的聚约。不早不晚，赶在"冬至阳生春又来"的前夜。盘点半年见识的世面，有赫然的惊叹，有脑洞的大开，也有一个阶段到另一个阶段，衔接不上的些许遗憾。

相互的分享，相通的感悟，让漂泊异乡的心，在这最深的寒夜，燃起一盆熊熊炭火，照拂缘聚的你我。

身处在，井喷似的大时代。幸遇见，携手行的好同伴。小伙伴说，这一路风景，不仅仅是"我的"，也是"我们的"！

我们的芳华，我们的时代，我们的期盼！

怀揣积聚的如此能量，冬至，我奔赴在路上。虽有"天时人事日相催"的焦灼紧逼，有漫漫旅途行路难的煎熬未知，有茫茫人海围困陷的喧嚣阻滞，心底储蓄的那一抔热浪，却是滔滔汩汩，百骸流转。

已是最严寒的冬天，近年关。霜风刀子般割在，裸露的脸面；浊气棉花般堵塞，拥挤的气管。如何跨难闯关，如何春意催生，在羁旅中突围。

175

正是养生汤锅这般的瞬间，涤荡你奔波劳累的身心疲惫，在低沉晦暗的境地，让你看到，前方点燃的希望！

伴路随行，协力并进！

冬至，愿你拥有，一锅滚沸的养生汤！

院士的初心

多地暴风雪来袭，盛迎小寒。

微信圈一片冰凝雪积。一夜之间，世界变身银装素裹的童话。

旧岁近暮，新年将至。这是最冷的节气，亦是春暖的开启。阳气破冰，大雁始北飞。游子盼归的心，也随之萌动不定。

下午，候车厅。车次被大雪延误，遥遥无期。顶着直往骨头缝里钻的寒风，不断搓着手，跺着脚，也难以回升一丝热气。

彻骨之寒，在四肢百骸游窜。直至冰冻思维。天地，一片僵滞。

听着寒风的怒号，迷失在刺骨的凛冽中，找不着归家的途。

指针似乎凝滞，一分一秒都如此百无聊赖！

一日之隔，景象迥异。心绪各各不同。

前一日，暖阳中。日常见面语，离不开，对雪的呼唤。

"这环境，污染太重！病毒，才会如此，妄为无忌！下一场雪就好啦，杀杀毒，洗洗肺！"众生附和。

这一场雪，便在众望所盼中，来势猛烈。席卷了大半个神州大地，甚至，倾覆成灾。

被冰天雪地包围，被凄风冷雨覆盖，便浑然遗忘一日之前的心愿。急切眷念，那催生暖意亦催生病菌的，冬日艳阳。

初心，肆虐于暴风雪，一夜之间被忘却！

回想这一日的上午，窗外寒风呼啸，室内暖气荡漾。有一段，初心呈现的对白。

再次聆听院士，有关"窗"与"网"的缘起，一种神圣、崇敬，不由自主打心底升腾。为这份事业天然肩负的独一无二的历史使命，亦为能成为这特殊使命中的一员！

第一次听院士讲述这段历史，已是三年前。彼时，历经三代人近三十年努力的领域，在完成一个又一个使命，创造一次又一次辉煌，树立一座又一座丰碑后，随着时代的变迁，竞争的酷严，来到十字路口，面临何去何从。

作为这份事业的开创者，院士一如既往地力挽狂澜，作了一场，追根溯源的报告。让历史的初心，前辈的苦拼，历历还原，栩栩如生。

他精辟的讲述，逻辑的思辨，饱含的深情，使通篇洋溢着，"莫畏浮云遮望眼，风物长宜放眼量"的革命乐观，与"不忘本来才能开辟未来，善于继承才能更好创新"的唯物史观。赢得在座者，由衷的敬仰，与追随的信仰！

而今，年近八十高龄的院士，为着矢志不移的初心，依然奔走在，风雪交加的旅程。持危扶颠，扶危济困，浑然忘我，情难自禁！

是一份怎样的初心，让他一坚守，就是三十年？

他曾说，这份事业，是国家的一件大事，是院里的一元要事，是他的一桩心事。

原来，正是这一份家国情怀，建构起他的价值内核，升华为他的精神信仰。让他，无论面临多大的内困外扰，总能坚定目标，匡正航向，始终朝着初心的方向，生死不渝，劈波斩浪！

而我们，虽然也有人生目标，虽然也满怀热忱地奔向远方，却难以承受，沿途的风吹雨打。会因为一场不期而遇的暴风雪，便动摇初心，变化不定。总喜欢，在寒冷时怀念暑热，真到炎热时节，却又无比渴望冰天雪地的冷冽！

几十年如一日奔赴在初心的路上，院士不仅执着于自己的信念，而且勇于承担每一个过程，每一份责任，无论是晴天好日，还是阴翳密布！

在这冬的尾声，春的前奏，"客子从今无可恨"的盼归时节，听院士一段，历史的讲述，成就一章，寻觅初心、回归本位的心路。

谷雨洗纤素

找资料，无意中翻到记忆深处的旧照片，陈印记。一份暗藏偈语的玄机。

看过往岁月，烙印或深或浅的痕迹，忆似水流年，放映或喜或悲的画面，总难免，会有感慨万千，会有唏嘘盈怀。心中充塞着，满满的柔软、细密的情感。那些一步一步走过的路、遇见的人，齐齐涌上脑海。他们，缀成生命的密码线。于某个转角处，迎风扑面，解码一段时光，悸动一季旅途。

给画中人发信息，浅浅地忆旧，淡淡地抒怀。有些心情，渴望分享，有些风景，需要共赏。收到回复，要回忆，更要向前看，向前进。

此时，窗外有淅沥的雨声。有一点，没一点地，敲打着屋檐，亦滴在心弦。似有若无，一如这些老照片。褪去耀眼的粉饰，沉淀原色的底子，安放，沸腾的我执。

不知觉中，已进入，"雨生百谷"的暮春时节。纷纷扬扬的柳絮，漫天飞落，让你在缥缥缈缈的错觉中，看到，又一季花红柳绿的春，在杜鹃夜啼、牡丹吐蕊、樱桃红艳中，悄然逝去。

异乡漂泊，季节变换，是从朋友圈一个不落的节气中自然感知；轮回风景，是在熟知陌路美文美图的晾晒中免费赏析。没时间出门看花，花儿们依然开得热闹，美得自在，一茬紧接一茬，惊艳着四季，簇拥在梦里。

向前看、向前进，在各色各样的微友平台中，幸见小隐的家园。她的图片，以江南风物为主角，或花花草草，或流水小桥，或古筝素描茶道，每一帧，都是如此唯美、雅致。有雾里看花的朦胧，有细纱拂面的轻柔，哪怕是花开荼蘼、花团锦簇，都是一派素简、空灵的模样。一如她的人、她的文，散发着淡淡的丁香。

喜欢她眼里的景致，苏州的园林，平江路的木香花，东园的二月兰，扬州的琼花紫藤，瘦西湖的诗意风情，太湖的隐世秘境……这些，也是我，曾擦肩而过，流连忘返的地方。从她的视角重温，无端会生出一种，熟悉、亲切的味道。恍惚间，以为自己，在她的画面徘徊。或者说，是看见，自己理想中的场景。

生命，因为这样一些曾几相逢、似曾相识的存在，而变得奇妙、美好。春和景明的日子，捧着小隐这本装帧淡雅的《夏天的风吹来草的叶子》的散文集，跟随她的笔触，再次来到，梦里江南，浪漫水乡，似是久别重逢，却是乍然惊鸿。那些看过的景，在她的眼里，有着别样的韵味。梦想，自有相通之处，而实现梦想的路径，却又各各不一样。

读着她的句子，"我对苏州的爱，就是这落于时代的小风景，它没有繁华与热闹，有的只是一隅的宁静，你来或不来，花自开，清风自拂。"同样一处景致，落在不同的人眼里，有着径庭迥异的感知与诠释。一片碧瓦青砖，几枝疏影横斜，一席粗茶淡饭，几册书影画卷，都能让她，回眸驻足，心生欢喜。摄于画面，流于笔端，日日是好日，处处是好景，四时都是好时节。

如此的遇见，让你看见，人生的丰盈与可能性。大千世界，茫茫人海，能吸引你的视线，愿意花时间与心力注目、沉思与对话的，是那些让你出于本心，自然而然喜欢的、渴慕的、向往的特质与物事。或许，有一些你已拥有，还有一些，是你竭尽所能也永远无法抵达。正是这样的缺憾，牵引着你，永无止境地追寻，气息相投的类属，与灵魂归置的去处。

如此的过程，必然孤独。

在这播种希望、润泽滋养的谷雨时节，身居陋室，任窗外的绿肥红瘦、细雨和风自如来去，安然于自己的小天地，在怀旧中盘点存储，于纳新间代谢素颜。

手握一卷《孤独六讲》，细细品味，"孤独是生命圆满的开始，在破碎重整中找回自我"，这一刻，天地玄黄，宇宙洪荒，世界很静，静得只听见自己的心跳。单纯地与自己在一起，原是这般的安稳和美好！孤独，竟可以让生命，变得如此华丽而丰腴！

如干涸的鱼儿喜见水，尽情游弋在，"革命孤独""思维孤独""伦理孤独"的浩瀚汪洋，沉迷于美学孤独的无垠广阔，让那些困顿生命的枷锁、混淆视听的迷雾，一个个破解。视野，罕见的风清月白。如此，遇见理想与现实这对矛盾的经典对白：

"再思考'什么是革命孤独'的问题时，我会把革命者视为一个怀抱梦想，而梦想在现世里无法完成的人。"

"为什么革命者大都是失败者？为什么不把'革命者'这个角色给成功的人？因为成功的人走向现世和权力，在现世和权力中，他无法再保有梦想。"

一如刘邦与项羽，前者虽然赢得江山，却输掉历史；后者固然孤独，却被永世怀念。

孤独，真是一个无时无处不在的幽灵。它不仅渗透于每个个体的灵魂，也贯穿于，人类发展的全过程。正是有了那些梦想，与对梦想的矢志不移，才留下那么多，永恒不凋的美学偶像，与虽败犹荣的美丽悲壮。

检视庸常人生，历经岁月斑驳与风雨洗礼，最终烙印记忆的，不是那些小确幸小圆满，而是，憧憬理想、寻找自我的片段。难以忘记，点燃梦想自然散发的夺目光彩；难以抗拒，描摹未来由衷爆发的激情澎湃。

穿过现实功利熙攘的九曲回肠，你终会明了：只有梦想，才能把生命点亮！

谷雨洗纤素。让这润泽的谷雨，洗去旅途的风尘和疲惫，喧嚣和杂音，固守初心，遵从本性，与天地宇宙间，有趣、有味、有梦想的灵魂，一路相伴，一路向前。

停步一段，五公里高不可攀

　　春光花影动，启蛰惊雷隆。

　　腿伤，谨遵医嘱，历经一冬的蛰伏，在万物拔节中复出。

　　开始每天的运动——跑步。

　　吸取教训，不敢使出浑身解数，有所保留地慢跑。只为强身与瘦体，不求取胜与角力。

　　回想伤前的配速与踏在脚下的步数，以为如此节奏，会轻轻松松。不曾想，五公里，竟变得如此漫长！

　　第一公里，信心满满，步轻如飞。有久违的惬意，亦有复出的惊喜。很快，QQ运动计步报数，这一公里的配速，比伤前的平均水平，已有不少退步。

　　有些意外的失落中，第二公里，极点来得无比迅疾，气短腿灌铅，每前进一步，心里似乎，都压上了不断加码的重负。

　　不敢相信，三个月的闭关养伤，会有如此大的退步。

　　咬牙切齿地坚持，却在自我哀怨中，很快放弃。停止奔跑，开始竞走。竟然连走的姿势都不如从前洒脱飘逸！双腿无比沉重，走起也会吃力。

极度的灰心丧气中，走的这一公里，战线被主观拉长，远远超乎心里的预期！

越是看不到希望，越是步履踉跄；越是左右摇晃，越是前途无望。

无精打采，走在一眼洞穿、无望可期的路上，终是不甘，山峰到谷底的波澜。调顺呼吸后，试着开始慢跑。不知是计步器出了问题，还是走的步数本不算数，第二公里，竟然用了常规两倍的时间。中途，历经了永无尽头的绝望。

当你沉浸于伤悲时，正无形给自己，本已掉队的旅程，设置更大的障碍，拉开更大的差距。

气喘吁吁，跑完第二公里，那难以让人相信的成绩，把你刚刚鼓起的一点点勇气和希翼，狠狠打入地狱，痛感再无翻身之机。

再次自暴自弃地停下来，漫无目的地游荡，无着无落，短短的五公里，变得遥遥无期。似乎有三座大山，横亘在你的面前，需要你一一攀爬翻越。而你，尚在山脚底，便已丧了气！

灰暗的心态，伴随无力的脚步，跑跑停停，走走歇歇，后面的三公里，在毫无指望中，暗无天日地完成。没有曾经完成既定任务的如释重负，更遑论志得意满。

到达终点，不是收获满满，而是无底深渊；不是新的更高起点，而是倒退的百无聊赖。

不过就缺失了一小段时间，却已然，退步成负数。

本已跨越十公里的障碍，一个停步，却发现，五公里早已高不可攀！

学习，亦如跑步，一旦后退，将溃不成军。

如果缺乏高远目标，与远大志向，努力的艰苦，就会放大成急遽的精神痛苦，让你手就毙束，难以应付。这一段旅途，更会荆棘密布。

尤其是在高手如云之地，只要心气低迷的你，稍微打个盹，懈怠一会儿，一睁眼，却惊觉，自己犹如身处孤岛，同伴的背影已遥不可及。

掉队的恐惧、孤寂，如牛皮糖一样，牢牢纠缠着你，让你兀自沉郁，气淤。等你好不容易从消极的情绪中缓过一口气，想要奋力前行时，团队却已，渺无影踪。

在你自怨自艾、停步不前时，别人已如飞驰的利箭，惯性使然，良性循环，快速行驶在，既定的轨道间。

半途停歇，只能前功尽弃。哪怕你之前，已付出数倍于人的心力垫底，也阻挡不了，坠落的极速与彻底！

人生是一场，永无终结的马拉松。只要一息尚存，就没有，停步的理由。无论是风霜雨雪，还是电闪雷鸣，都不能成其为，停滞不前的借口。

否则，你只会加倍，为自己的缺位买单。

生命很贵，无暇伤悲。

贾平凹先生的那只鼠

　　看见贾平凹先生的那只鼠，是在日复一日的上班途中，前胸贴后背、插笋般直立的地铁上。

　　"他在那里背向着我，突然上半身立起来，两个前爪举着，然后俯下身去；再上半身立起举着前爪，又俯下身去。我一下子惊呆了……"这是在《养鼠》中，贾平凹先生描写在他祈望神灵赐予自己智慧的力量时，上书房养的那只老鼠，面对佛像的举动。

　　看到这一幕，我不仅是惊呆，更是感觉后背有一种森森的气息，陡然笼罩全身。将我隔离于，周边的尘世喧嚣之外。我灵魂出窍，恍惚置身于平凹先生的上书房，看这一人一鼠，在天地间同室共处，虔诚礼佛。于林林总总的佛像中，一串串"敬畏"的字符，漫空飞舞，似乎，这人，这鼠，也化了神，坐成佛。

　　那一刻，既兴奋又惶恐。正如三毛读平凹先生的《自选集》所言，"看到您的散文部分，一时里有些惊吓。原先看您的小说，作者是躲在幕后的，散文是生活的部分，作者没有窗帘可挡……散文是那么直接，更明显的真诚，令人不舍一下子进入作者的家园……"这些年，我走马观花，翻阅过一些名家大师的散文经典，也曾带来说不清的感动、顿悟与明目。但，误闯进如此庄严、神性的殿堂，着实让我吓了一跳。不知人间，竟有如此的妙处！而这般的圣地，竟然被我窥见。顿感一缕佛光，映照我身上。

怀着如此虔敬、忐忑的心情，2018年12月16日，跟随《西南作家》杂志主编、贾平凹先生的关门弟子、我的师父曾令琪先生一行，终于来到平凹先生的上书房：秋涛阁。

这是一幢镶嵌蓝色窗格、红白相间外墙的楼房。沿着一条细窄的坡道，缓步而上，数十米后，便从街边穿梭的车流与林立的店铺中，进入一片开阔的地方。地砖的残缺花台的斑驳泥柱的脱落，枯藤的遒劲老树的凌空昏鸦的暗咽，让小区散发出年代久远的气息。透过稀疏的桠枝，看北方清朗的阳光，照在空寂的屋顶，有一种隔离闹市的清净。秋涛阁，便在离太阳最近的顶楼。

乘电梯而上，十三层，短短三十秒，似乎，经历了一场马拉松长跑。

在摆满大大小小佛像，飘逸浓郁檀香的上书房，当我和娃，双手恭敬向平凹先生奉上，我们人生的第一本书《你的九岁，我的九岁——亲子文学成长手记》时，聆听他和婉的教诲，沐浴他温煦的智慧，我的脑海，无端端蹦出他的那只鼠。

坐在形态各异的佛像间，看平凹先生与大家和乐融融地聊天，我竟然开起小差，神游于上书房的每一寸空间。很想见见，那只自带佛性的老鼠。在这满屋的塑像书籍中，它会藏身于哪一尊菩萨，或哪一部典籍的背后呢？它是否已轻车熟路于，修行通道的窄狭偪屈？

除却佛像满眼，我什么也没看见。

倒是娃，一眨眼便没了踪影。很久不见动静，我楼上楼下每间屋去找寻。小心翼翼侧身于局促的空间，只听闻自己的呼吸，没有娃的声息。

一丝骇异，无端飘弋。我忍不住急促呼唤，只见娃从一堆佛像中探出个脑袋来，人像佛像，难以分辨。叫回他正襟危坐，聆听难得的福音。一会儿，娃又悄无声息地溜走，不知藏身于何处。

遽然，满屋乱蹿的娃，弄出极大声响。他碰着了一块靠墙而立的雕花木板，高与屋顶齐。眼看要倒地，砸在一堆佛像上。满屋尽是珍贵的古董文物。我们一干人，目光被娃一力吸引，并发出不同音频的惊呼。唯有平凹先生，并未中断他的谈话，甚至连眼神都不曾有一丝漂移，他坐在"耸瞻震旦"的牌匾下，泰然若磐。

还好娃反应敏捷，避免了一场难以预测的灾难。

差点酿出事故的娃，终于肯安静坐下来，恩受下接地气、上承天意的洗礼。平凹先生，经凝神思虑，慎重提笔，在娃的笔记本上，提词满篇的希翼，上示正向，下铺路道，毫不吝啬他普度的智慧，与珍稀的墨宝。

那一刻，我似乎看见那只神龙见首不见尾的老鼠。听见平凹先生唤它，"那好，那好，行走！"先生在《养鼠》中写道，"我在瞬间里叫他行走，因我的书房名是上书房，而古时候上书房是皇帝读书的地方，能自由出入上书房的官就叫上书房行走，我也把我的老鼠叫作了行走。"一只老鼠，行走于佛龛前，亦能修炼成仙。

冥冥中，一切自有定数。

如果，我的恩师令琪先生，没能在茫茫人海寻着我渡化我，或者，即使他抬爱我为徒，但假如他与平凹先生一个错眼，没能认出他们前世今生的师徒情分，那么，我又何来机缘，赴这一场，修行的盛宴？

又或者，我有缘成为令琪先生的唯一爱徒，令琪先生也幸为平凹先生的关门弟子，但如果我没有历经皮囊与灵魂的左冲右突，难以安顿；没有备受出世与入世的煎熬火烧，失措彷徨，又怎能看见，佛像前那只充满灵性的神鼠？

一切，刚刚好。没有早一步，也没有晚一步。

正如平凹先生在《缘分》一文中，纤悉无遗地叙述，行游喀什，如何阴差阳错机缘巧合，一环紧扣一环，意外喜获一尊梦寐以求的佛画像石。在详尽到啰嗦的描写中，他自我审视，"对着佛石日夜冥思，我检讨我的作品少了宗教的味道……我虽然在尽我的力量去注视着，批判着，召唤着，但并未彻底超越激情，大慈大悲的心怀还未完全。那么，佛石的到来，就不仅仅是一种石之缘和佛之缘，这一定还有别的更大用意，我得庄严地对待……"

走在人生这条单行道上，不是每个人，都能找到自己在天地间的使命与责任。造物慈悲，便有了那些启慧根存佛性的人，洞开天眼，开悟自己，也开示他人。

回程，在起伏有度的动车上，为着这次相见耗尽心神的我，精疲力竭进入梦乡。梦中，我变身为一只老鼠，在上书房行走自如。

2018年，多肉一般

一场不期而至的冬雪，飘洒在2018年的岁尾，让西部这座总是尘霾迷离的城，罕见地冰清玉洁。如这年景般仓促的心情，也霎时晶莹清朗起来。

这一年，挟裹在"大水走泥，厚云积岸"的时代大潮中，眼见风起潮涌的变革、沧海桑田的变迁、翻云覆雨的变脸，我的心，被众多沉重的境遇所阻塞，有自己的，也有他人的，混为一谈，彼此难辨。让我呼吸不畅，让我神思飘渺。总想找一个出口，照进一缕亮光。

这场不大不小的飘雪，落了片白茫茫大地真干净，亦让2018，在千军万马扬烟尘、疾风劲雨萧萧声的历史洪流中，舒缓幽雅地落幕。

（一）

"你先去吃饭，天冷，一会儿就凉啦！"新年上班的第一天，看忙得热气蒸腾的同事，手忙脚乱地修理，已数次卡纸的打印机。地上，摊着被机器卡壳，皱巴巴的一堆废纸。

"先弄完再吃。怕一会儿影响你午休！"他不肯中途罢休的原因，竟然如此。

我的心，没来由地一紧，就像一次又一次，遇见的陌路熟知。他们的面目混沌着，他们如鬼魅般的身形，却总是让我困顿，不知来自何方，又将飘向何处。

"你先去吃饭，我中午都不休息，这么冷的天，睡不着哈！"我实话实说。

"没事，忙完才吃！"他客气地应答，头也没抬地忙着，谦卑得有些愁苦的脸上，挂着人畜无害的微笑。

我边吃着送来已不带热气的工作餐，边催促着，"饭已经不热啦，汤还滚烫，赶紧去，先盛碗汤，暖暖胃肠，再吃饭！我中午真不休息，你随时来都行，不会打扰的！"

或许是看我满脸如草芥般的实诚，就和他一样，他终于如释重负地停下毫无头绪的执意，说，"那我先去吃饭了，一会儿再来哈，不影响吧？！"

"赶紧去，没关系的！"看着他有些拘谨、佝偻的背影，我忍不住一声叹息。

他是一名博士，高知人群。与这一年我所见过的形形色色的人影，重叠在一起，其中不乏超市售货员、天才少年、企业白领、政府官员、学术专家、个体小贩、科技精英、私营业主、文学大家、自由职业者等等，也有我自己，有时似乎都是一个人，有时又不尽相同。

（二）

当日历撕到最后一页，空空翻到了底，总会惯性回望，这一年的足迹。盘点2018年，充塞满眼的，竟然是我室养的，大大小小、红红绿绿的一堆多肉植物。

年初，长时间的体力透支爆发身体的预警，病榻缠绵。被同处一室，闲淡散养的十几盆多肉感知，也集体生了病。无力看顾，弃之露台，任其自谋生路。

几个月后，身体基本调理恢复。某一日，想起久不曾照面的那一堆病恹恹的多肉，突然很牵挂其命运，三步并作两步跑去露台，被眼前的景象惊呆！高高矮矮，形状各异的所有花盆里，都装满了新绿与生机！

这是一个夏日雨后的清晨，有圆亮的水珠挂在多肉厚嘟嘟的叶片间。历经病毒的肆虐、高温的蒸煮、人心的凌迟，它们竟然抽筋剥皮、脱胎换骨，端呈着一派新崭崭、油绿绿的生命力。其强大的自我治愈，不容轻视。

正是这群庸常不起眼的多肉，神一般照见：生命是如此卑微，却又如此可贵。

从此，开始迷上多肉。了解其习性，顺应其心性，不停地栽植新品种。在杂乱无序的奔走中，于心浮气躁的疲累后，坐下来，静静与这些可爱的小精灵对话，哪怕没有丝毫对白，亦能神定安然，聆听天籁。这一年，是它们，吸收了所有的不忿、落差、执意，消解了无尽的迷茫、惊愕、彷徨。用心凝视中，人与花，相怜相惜，共息共栖。

植物的治愈力，竟是这般神奇。

（三）

"这些天，在气压忽高忽低，季候忽冷忽热的变脸中，心里颇为牵挂一个人。"2018年，我的文档里，躺着一篇，未完的稿件。里面记录了点滴片段：

"原来这世上,存在一种高贵,叫:你再中伤,我自无恙。"

"在无情的世界深情地活着。你再龌龊,我自婆娑。"

文中牵挂的这个人,是我常去超市的服务员。他是一个爽朗、幽默的帅小伙儿,在鱼虾海鲜摊主刀。杀鱼、捞虾、剖鳝,手起刀落动作麻利,服务仔细欢声笑语。融洽的气氛中,偶尔会聊几句家常。

某日,去买虾,不见小伙子的身影。摊前三个人,手忙脚乱,久等没人称虾,一而再地提醒。年轻的小丫头露出嫌厌的神色,冷言冷语,"没看见正忙着吗?"她其实手里并没具体的事,只是在摊前东奔西窜,六神无主。无端怀念帅小伙儿,他一个人,摊前从来都井然有序,忙而不乱,比这三个人总和的效率都高。心里不由感叹:人与人,真没法比!

后来,去超市碰见他,他却卖起了蔬菜瓜果,一贯的周到热情。好奇他干得好好的,咋就换了岗。

见我真切关心,一米八高个的魁梧小伙子,似乎见到亲人,忍不住满脸委屈,忿忿不平地诉苦。老板见他经营的摊位生意好,就交给自家亲戚来做,以指责他服务不好的莫须有的由头,把他调开。而那一帮老板的七大姑八大姨,却并不好好干,或者,是没能力干好。他很是无奈,亦忧心忡忡,"管理这么混乱,这么歪曲事实,看看,超市还能开多久?!"

我为这大高个的小伙子憋屈得慌,除了言语的安慰与道义的支持外,由人及己,借事抒怀,心里翻滚着一股滔天巨浪,不吐不快,便写下了那点滴的文字。我一直在想,受到如此不公正对待,辛劳成果被如此践踏,他肯定会很快离开,另谋出路。以他自身的条件和个人素质,不愁找不到一个更好的容身之所。

隔日,去超市,却依然看见他如常的笑脸,被他发自内心的乐观所感染。似乎,他从未受过伤害。后来又去过很多次,他依然在。并没有像我想象般负气离开。

我的文章,没能如期写下去,因为原定的基调,是为其鸣不平,是对良善弱小的同情。但是,帅小伙儿朗朗的神情,却让我,更加的困顿。我所路遇的形形色色的人们,每一个圈层,不同的处境,无论表面如何光鲜,或者不堪,内里都有各自的烦忧憋屈,身不由己。似乎每个人,都活得很不如意。既是受害者,却又不知不觉沦为,害人者。对他们的忍辱负重,对他们的心无定所,对他们的悲戚愁苦,我不知,当如何自处。

"不要问丧钟为谁而鸣,它就为你敲响!"这如蛊般的惑,在我心中回荡。

(四)

发现那株万圣节捧花的叶片,变成喜人的红色,是在初冬一个阳光的午后。

入冬后,老天总是阴郁着一张脸,很难有笑颜。人间,大有蜀犬吠日之感。某一日,太阳挣脱一切羁绊,高挂于云天。世间万物,泽被璀璨的光线。被雾霾笼罩的湿漉漉的心情,也一同翻开晾晒。连续三日,日日艳阳天。想起在外面露台上的一干多肉们,不知是怎样的状态。

出去一看,变成红色的万圣节法师,惊艳地闯入眼帘!这和之前,没晒太阳的状态,迥异于天上人间。一个堪比丑小鸭,灰头土脸,无光暗淡。一个却美赛天仙,霓裳羽衣,夺目耀眼。再一次为多肉们的奇妙变幻,所惊叹!

"给点阳光就灿烂",原来并非比拟杜撰,而是多肉真实的生命状态。

2018年,正是多肉这一群不言不语的伙伴,陪我一路,浸过星夜的露寒,数过孤寂的呐喊,听过福音的天籁……它们时时在我眼前交叉重现，忽闪成这一年路遇的，熙熙攘攘、来来往往的一群人的脸。

"欲普度众生，请先解救自身。"督导课上，心理老师直点命脉，"当然，这是天下最难之事，但太简单的任务，怎会让你承担？来这世界，每个人都有自己独特的使命！"那些自以为悲天悯人的浓重情怀，原不过，是作茧自缚的心魔迷眼！

"读您的作品，会无端敬畏！感觉您是开天眼的人。不知天眼，如何能开？"高山仰止，请教大师。

"说不上什么天眼，只不过是读得多、见得多、想的多，扎根生活，享受烦琐，但又不局限于这些表象，融会贯通而已！"

"可以理解为，下接地气、上承天意吗？"

"也可以这么说！"

不早不晚，聆听大师指点，豁然间，明了自己苦苦求索的，前世今生的追寻。

"知道你一片善心，为何总是被辜负被伤害吗？因为芸芸众生，自己没有能力承受这太多人间疾苦，所以得有人代受其业障，便只有你这种成大器、修大行，有慧根、见佛性的人来承担。"与大慈大悲、受苦受难的智者对话，亦如自言自语。

在飞溅的音符中，有些恍然，那些如多肉般在我眼前晃动的脸，有的微芥、有的庄严，有时黯然、有时明艳，他们不过是，秉承各自的原初使命而来，顺应生命的自然时序而去。一切存在，皆属必然。强求一脉，岂可圆满？

2018年，多肉一般。

阴雨天，安于暗淡。

艳阳高悬，展露出笑颜，便惊艳了世界！